Bianca

En peligro de amar
Catherine Spencer

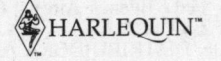

HARLEQUIN

Editado por HARLEQUIN IBÉRICA, S.A.
Núñez de Balboa, 56
28001 Madrid

© 2009 Catherine Spencer Books Limited. Todos los derechos reservados.
EN PELIGRO DE AMAR, N.º 2007 - 23.6.10
Título original: The Greek Millionaire's Secret Child
Publicada originalmente por Mills & Boon®, Ltd., Londres.

Todos los derechos están reservados incluidos los de reproducción, total o parcial. Esta edición ha sido publicada con permiso de Harlequin Enterprises II BV.
Todos los personajes de este libro son ficticios. Cualquier parecido con alguna persona, viva o muerta, es pura coincidencia.
® Harlequin, logotipo Harlequin y Bianca son marcas registradas por Harlequin Books S.A.
® y ™ son marcas registradas por Harlequin Enterprises Limited y sus filiales, utilizadas con licencia. Las marcas que lleven ® están registradas en la Oficina Española de Patentes y Marcas y en otros países.

I.S.B.N.: 978-84-671-7951-4
Depósito legal: B-16625-2010
Editor responsable: Luis Pugni
Preimpresión y fotomecánica: M.T. Color & Diseño, S.L.
C/ Colquide, 6 portal 2 - 3º H. 28230 Las Rozas (Madrid)
Impresión y encuadernación: LITOGRAFÍA ROSÉS, S.A.
C/ Energía, 11. 08850 Gavá (Barcelona)
Fecha impresion para Argentina: 20.12.10
Distribuidor exclusivo para España: LOGISTA
Distribuidor para México: CODIPLYRSA
Distribuidores para Argentina: interior, BERTRAN, S.A.C. Vélez Sársfield, 1950. Cap. Fed./ Buenos Aires y Gran Buenos Aires, VACCARO SÁNCHEZ y Cía, S.A.
Distribuidor para Chile: DISTRIBUIDORA ALFA, S.A.

Capítulo 1

EMILY lo vio inmediatamente.

No fue porque su padre se lo hubiera descrito a la perfección sino porque, aunque estaba alejado de todo el mundo, dominaba la muchedumbre que esperaba a los pasajeros recién llegados al aeropuerto Venizelos de Atenas.

Medía más de un metro ochenta, era fuerte y masculino y la naturaleza lo había agraciado con una cara angelical. No había más que verlo para comprender que los demás hombres debían de envidiarlo y las mujeres debían de pelearse por él.

Como si hubiera sentido que lo estaba observando, sus miradas se encontraron. Durante lo que se le antojó como una pequeña eternidad, Emily sintió una montaña rusa en su interior. Su instinto de supervivencia le dijo que aquel hombre era un gran problema sobre ruedas y que había vivido para lamentar aquel día, el día en que lo conociera.

El hombre asintió como si fuera plenamente consciente de los pensamientos de Emily y avanzó hacia ella.

Emily se fijó en cómo le quedaban los vaqueros, que le marcaban las caderas estrechas y las piernas largas, se fijó también en su cazadora de cuero negra, que le caía de maravilla sobre los hombros, y en el maravilloso contraste de su piel bronceada con el blanco inmaculado de la camisa.

A medida que se acercaba, vio también que su boca y su mandíbula delataban la testarudez de la que su padre le había hablado.

Cuando llegó a su lado, le habló con una voz tan seductora como todo él.

−¿Qué tal el vuelo?

−Largo −contestó Pavlos, que estaba visiblemente cansado a pesar de los analgésicos y de haber volado en primera clase−. La verdad es que ha sido largo, menos mal que tenía a mi ángel de la guardia −añadió tomando a Emily de la mano y apretándosela con cariño−. Emily, querida, te presento a mi hijo Nikolaos. Niko, ésta es Emily Tyler, mi enfermera. No sé qué haría sin ella.

Nikolaos Leonidas volvió a mirarla de manera insolente. Detrás de sus bellos rasgos había una arrogancia increíble. Desde luego, no era un hombre con el que Emily quisiera vérselas.

−*Yiasu*, Emily Tyler −le dijo.

Aunque Emily llevaba pantalones largos y jersey, se sentía desnuda bajo su mirada. Al instante, supo que el problema eran sus ojos, que no eran castaños como los de su padre sino verdes como el jade.

¡Lo que le faltaba a aquel rostro ya de por sí cargado de belleza!

−*Yiasu* −contestó Emily tragando saliva.

−¿Hablas algo de griego?

−Muy poco. En realidad, lo único que sé es saludar.

−Ya me imaginaba.

Aquel comentario la habría ofendido si no hubiera sido porque Nikolaos lo acompañó con una sonrisa encantadora que sobresaltó a Emily tanto que estuvo a punto de que le fallaran las rodillas. ¿Pero qué demonios estaba sucediendo? Tenía veintisiete años y, aunque no se podía decir que tuviera mucha experiencia sexual, tampoco era tan inocente como para sonrojarse a la primera.

Era muy consciente de que la primera impresión contaba apenas nada, que lo importante era el interior de una persona y, por lo que le habían dicho, Nikolaos Leonidas no tenía un interior demasiado interesante.

La manera en la que volvió de nuevo su atención hacia su padre no hizo sino confirmar a Emily en esas sospechas ya que no hizo el más mínimo amago de abrazarlo, no le tocó el hombro ni le estrechó la mano, no hizo ningún gesto que indicara al anciano que podía contar con su hijo durante su convalecencia.

Se limitó a llamar a un mozo para que se encargara del equipaje.

—Bueno, ya hemos cumplido con las formalidades, así que vámonos —anunció girándose y avanzando hacia la salida, dejando a Pavlos y a Emily atrás.

Cuando llegó junto al Mercedes que los estaba esperando, sin embargo, se giró como si la compasión se hubiera apoderado de repente de él.

—No —le dijo a Emily cuando ella hizo intención de ayudar a su paciente a ponerse en pie desde la silla de ruedas.

A continuación y con sorprendente ternura, tomó a su padre en brazos, lo depositó en el amplio asiento trasero del coche y le tapó las piernas con una manta.

—No era necesario —le dijo su padre intentando ocultar el dolor.

—A mí me parece que sí —contestó su hijo dándose

cuenta–. ¿Habrías preferido que me quedara mirando cómo te caías de bruces?

–Habría preferido poder estar en pie por mí mismo sin que nadie me tuviera que ayudar.

–Pues haberte quedado en casa en lugar de irte a Alaska. A quién se le ocurre querer ir a Alaska antes de morir...

A Emily le entraron ganas de abofetear a aquel hombre, pero se tuvo que conformar con una dura contestación.

–Todos podemos tener un accidente, señor Leonidas.

–Sí, sobre todo si tenemos ochenta y seis años y no paramos quietos.

–No fue culpa suya que el barco naufragara ni ser el único pasajero en resultar herido. Teniendo en cuenta, precisamente, su edad, su padre ha salido realmente bien parado. Si le damos tiempo al tiempo y con una buena rehabilitación, se recuperará muy bien.

–¿Y si no es así?

–Entonces, tendrá que comenzar a comportarse como un buen hijo con él.

Nikolaos Leonidas la miró impactado.

–Vaya, vaya, así que tenemos enfermera y asesora familiar todo en uno.

–Eso le pasa por preguntar.

–Ya veo...

A continuación, le entregó una propina al mozo, que se llevó la silla de ruedas que les habían prestado en el aeropuerto, cerró el maletero y le abrió la puerta del copiloto a Emily.

–Pase –le indicó–. Ya seguiremos hablando de esto en otro momento.

Tal y como era de esperar, aquel hombre conducía

con seguridad y experiencia. Apenas media hora después de abandonar el aeropuerto avanzaban por las calles arboladas de Vouliagmeni, el exclusivo barrio ateniense que daba al mar Egeo desde la costa oriental de la península ática y que Pavlos tan vívidamente le había descrito.

Poco después, al final de una tranquila carretera que bordeaba la playa, Niko accionó un mando a distancia. Unas enormes verjas de hierro con muchos adornos se abrieron y el vehículo se deslizó entre ellas.

Emily suponía que Pavlos era un hombre considerablemente rico, pero no estaba preparada para la opulencia que se encontró mientras el Mercedes avanzaba hacia una casa, mejor dicho, una mansión.

Se trataba de una edificación que sobresalía sobre un paisaje exquisito de jardines bien cuidados, alejada del mundanal ruido del tráfico por una pared de arizónicas. Las paredes blancas como la leche, de elegantes proporciones, se elevaban y culminaban en un tejado de pizarra azul que contrastaba con el cielo gris y tormentoso de aquella tarde de finales de septiembre.

Enormes ventanales se abrían sobre terrazas amplias cubiertas por estructuras de madera recubiertas de parras para crear espacios sombreados. Había una gran fuente en un patio central, pavos reales en las praderas y un perro ladrando.

Emily tuvo poco tiempo para maravillarse porque, en cuanto el coche hubo parado frente a una puerta doble, ésta se abrió y apareció un hombre de cincuenta y muchos años empujando una silla de ruedas muy moderna que no tenía nada que ver con la antigualla que les habían prestado en el aeropuerto.

Aquél debía de ser Georgios, el mayordomo de

Pavlos. Su paciente le había hablado a menudo de él y siempre con mucho afecto. Detrás del mayordomo llegó un hombre más joven. Apenas un chiquillo. Se dedicó a descargar el equipaje mientras Niko y el mayordomo sacaban a Pavlos del coche y lo colocaban en la silla. Para cuando terminaron, Pavlos tenía el rostro marcado por el dolor de manera muy patente.

–Haga algo –le dijo Niko a Emily mientras Georgios se llevaba a su padre.

–Le voy a dar algo para el dolor y le vamos a dejar descansar. El viaje ha sido muy duro para él.

–No me parece que estuviera preparado para viajar.

–Así es. Dada su edad y la gravedad de la osteoporosis que tiene, se tendría que haber quedado ingresado una semana más, pero dijo que quería volver a casa y, cuando su padre decide algo, no hay manera de hacerle cambiar de parecer.

–A mí me lo va a decir –contestó Niko–. ¿Llamo a su médico?

–Mañana por la mañana, sí. Vamos a necesitar más medicamentos, pero, de momento, tengo suficientes –contestó Emily intentando mantener la profesionalidad a pesar de que tenía a Niko demasiado cerca–. Por favor, si me indica dónde está su dormitorio, me gustaría ir a atenderlo –añadió avanzando hacia el vestíbulo y agarrando su maleta.

Niko avanzó por un pasillo y condujo a Emily a la parte trasera de la casa, a un apartamento grande y bañado por el sol que consistía en un salón y un dormitorio que se abrían a un patio desde el que se veían los jardines y al mar.

Pavlos estaba sentado cerca del ventanal, admirando la vista.

–Hace unos años, cuando las escaleras se convirtieron en una tortura para él, hizo reformas y transformó esta parte de la casa en una suite privada –le dijo Niko en voz baja.

–¿Tiene cama de hospital? –preguntó Emily mirando a su alrededor.

–La trajeron ayer. No le va a gustar nada que se la hayamos cambiado, pero me pareció lo más práctico de momento.

–Ha hecho bien. Estará más cómodo aunque la verdad es que no la va a utilizar demasiado. Sólo por las noches.

–¿Y eso?

–Porque me interesa que se mueva. Cuanto más se mueva, más posibilidades de volver a caminar tiene aunque...

–¿Aunque qué? –le preguntó Niko con curiosidad.

Emily pensó en su secreto profesional.

–Aunque... ¿está usted al día del estado de salud general de su padre?

–Bueno, me cuenta lo que quiere... a decir verdad, no me cuenta mucho.

Era de imaginar.

Cuando el hospital le había sugerido que llamara a su familia, Pavlos había dicho que no había necesidad de molestar a su hijo, que Niko se hacía cargo de sus asuntos y él de los suyos.

–¿Qué ocurre? –insistió Niko taladrándola con sus ojos verdes–. ¿Tiene algo grave? ¿Se está muriendo?

–Todos nos moriremos tarde o temprano.

–Le he hecho una pregunta directa y quiero una respuesta directa.

–Está bien. Su edad no lo ayuda. Aunque jamás lo admitirá, está muy débil. Es muy fácil que tenga una recaída.

–Eso lo sabemos todos. ¿Qué me está ocultando?

En aquel momento, Pavlos se giró hacia ellos.

–¿Se puede saber qué cuchicheáis? –les preguntó irascible.

–Su hijo me estaba explicando que le ha comprado una cama nueva y que, quizás, no le guste, que seguramente piense que se ha metido en lo que no le importa –contestó Emily.

–Efectivamente. Me he roto la cadera, pero mi cerebro sigue funcionando estupendamente, soy perfectamente capaz de decidir lo que necesito y lo que no.

–Mientras yo sea su enfermera, la que toma las decisiones soy yo.

–No seas marimandona, jovencita. No pienso consentírtelo.

–Claro que sí. Para eso, precisamente, me contrató.

–Y te puedo despedir cuando quiera. Si quisiera, mañana mismo volverías a Vancouver.

Emily sabía que no lo decía en serio, así que sonrió. Sabía que a la mañana siguiente, habiendo descansado bien, su paciente se encontraría mejor tanto física como anímicamente.

–Muy bien, señor Leonidas –le dijo–. Hasta que me despida, déjeme que haga mi trabajo –añadió empujando la silla de ruedas hacia el dormitorio.

En aquel momento, se dio cuenta de que Niko había aprovechado para desaparecer y tuvo que hacer un gran esfuerzo para convencerse de que le daba igual. Georgios, sin embargo, estaba allí, solícito y fiel, dispuesto a ayudar en todo lo que pudiera.

Para cuando instalaron a Pavlos y hubo cenado, ya había anochecido.

Damaris, el ama de llaves, acompañó a Emily a la

planta de arriba y le mostró su habitación. Se trataba de una estancia decorada en tonos marfil y azul pizarra. Le recordaba a la suya de casa aunque los muebles de ésta eran mucho mejores. Los suelos de mármol, las alfombras persas y las delicadas antigüedades conferían al espacio un ambiente de buen gusto de lo más acogedor.

Había un escritorio de caoba entre los dos balcones y frente a la chimenea se encontraba un cómodo sofá tapizado en raso de vivos colores. Sobre la mesilla de noche, una lámpara de cristal y un florero con lirios de delicioso aroma.

Lo mejor del dormitorio era la cama de dosel vestida con sábanas de hilo blanco. Emily había recorrido casi diez mil kilómetros, había aguantado más de dieciséis horas de viaje y la tensión de la condición médica de su paciente, así que estaba muy cansada y lo que más deseaba en aquellos momentos era apoyar la cabeza sobre las almohadas de algodón blanco, taparse con aquella maravillosa colcha y dormir hasta la mañana siguiente.

Pronto comprobó que le habían deshecho el equipaje, que habían colocado sus artículos de aseo en el baño y que le habían dejado la bata y el camisón sobre el banco situado a los pies de la cama.

–Le he preparado un baño de espuma, señorita. La cena se servirá en el jardín a las nueve –le dijo Damaris dando al traste con sus planes de acostarse pronto.

En la planta principal no había nadie cuando Emily bajó unos minutos después de las nueve, pero la música y una suave luz procedente de una puerta situada en la zona central de un pasillo le indicó por dónde se salía al invernadero.

Una vez allí, comprendió que no iba a cenar sola, tal y como había esperado.

Había una mesa redonda de cristal con dos servicios, cubitera de plata y copas de champán. La mesa estaba rodeada de cientos de lamparitas pequeñas que alumbraban el perímetro.

Y el toque final era Niko Leonidas, ataviado con pantalón gris y camisa a juego, que la estaba esperando apoyado en un arco.

Emily se sentía fuera de su elemento y estaba segura de que se le notaba. Supuso que debería sentirse agradecida de que su compañero de mesa no fuera de esmoquin.

—No sabía que iba a cenar conmigo —comentó intentando mantener la calma.

Niko sacó una botella de champán de la cubitera, llenó las dos copas y le entregó una.

—No sabía que necesitara invitación para sentarme a la mesa de mi padre.

—Yo no he dicho eso. Tiene usted todo el derecho...

—Vaya, muchas gracias.

Emily se dio cuenta de que aquel hombre tenía contestación para todo, pero su lengua viperina y su sonrisa desdeñosa no ocultaban que no la tenía gran aprecio.

—No ha sido mi intención ser grosera, señor Leonidas —comentó Emily—. Lo que pasa es que me ha sorprendido encontrarlo aquí. Suponía que se había ido. Por lo que me ha dicho su padre, usted vive en el centro de la ciudad.

—Así es, tengo una casa en el centro de Atenas.

Por cierto, a los griegos no nos gusta mucho el protocolo, así que llámeme Niko, como todo el mundo.

A Emily le daba igual lo que hicieran los demás. Ella no pensaba llamarlo Niko. Ya tenía suficiente con tenerlo cerca como para, encima, entregarse a aquella familiaridad.

–¿No sabe usted qué decir, Emily? –le preguntó Niko riéndose de ella–. ¿Tanto le incomoda cenar conmigo?

–No estoy incómoda –contestó Emily con dignidad–. Lo que ocurre es que siento curiosidad por saber qué hace usted aquí en lugar de estar en su casa. Por lo que sé, su padre y usted no pasan mucho tiempo juntos.

–A pesar de eso, soy su hijo y, según tengo entendido, puedo dormir en su casa cuando me dé la gana. De hecho, dadas las circunstancias, he decidido pasar más tiempo aquí. ¿Algún problema?

Emily no estaba dispuesta admitir que su presencia la distraía.

–Claro que no. Siempre y cuando no interfiera usted con las razones por las que estoy aquí.

–¿Y qué razones son exactamente ésas?

Emily lo miró a los ojos y vio que Niko Leonidas ya no se reía. Ahora la miraba con frialdad.

–Sabe perfectamente porque estoy aquí.

–Lo único que sé es que mi padre depende mucho de usted. También sé que en estos momentos de su vida está muy desvalido y a ninguno se nos escapa que es inmensamente rico.

Emily lo miró perpleja.

–¿Cree usted que me interesa el dinero de su padre?

–¿Es así?

–Claro que no –le espetó Emily–, pero ahora comprendo qué hace usted aquí. Su presencia aquí no se justifica porque esté usted preocupado por la salud de su padre sino porque teme que le ponga la mano encima a su dinero.

–Se equivoca. Mi presencia aquí responde a un interés sincero por mi padre. En la situación actual en la que se encuentra, no se puede valer por sí mismo y yo quiero ayudarlo. Si eso le parece ofensivo...

–¡Así es!

–Lo siento mucho por usted. Intente comprenderme. Mi padre se presenta en casa con una mujer joven y muy guapa a la que no conocemos de nada y en la que parece confiar con los ojos cerrados. Teniendo en cuenta que esa mujer ha accedido a recorrer medio mundo para hacerse cargo de un enfermo cuando aquí en Atenas hay enfermeras perfectamente cualificadas, dígame, ¿si la situación fuera al revés usted no sospecharía algo?

–No –contestó Emily, indignada–. Antes de formarme conclusiones apresuradas sobre la integridad profesional de una persona, le pediría referencias y, si eso no me satisficiera, me pondría en contacto con sus jefes anteriores para verificar que lo que dice es cierto.

–Tranquila, preciosa, no hace falta que eche espuma por la boca. Acepto su explicación y le propongo que hagamos un alto el fuego y disfrutemos de este maravilloso champán procedente de la bodega de mi padre. Sería una pena malgastarlo.

Emily dejó su copa sobre la mesa con tanta fuerza que el contenido cayó sobre el mantel.

–¡Si se cree que me voy a tomar una copa de champán con usted o que voy a cenar en su compañía, está listo! Prefiero morirme de hambre.

Dicho aquello, se giró para irse apresuradamente, pero Niko llegó antes que ella a la puerta y le cerró el paso.

—Siento mucho si, en mi celo por el bienestar de mi padre, la he ofendido —se disculpó—. Le aseguro que no ha sido mi intención.

—¿De verdad? —le espetó Emily, iracunda—. No estoy acostumbrada a que me traten como a una delincuente.

—Le pido perdón si se ha sentido insultada por mis palabras, pero prefiero equivocarme por cauto que por ingenuo.

—¿Por qué dice eso?

—Porque no es la primera vez que un desconocido intenta engañar a mi padre.

—Tal vez, si su relación con su hijo fuera mejor, no estaría tan dispuesto a confiar en desconocidos.

—Puede ser, pero nuestra relación nunca ha sido la típica relación entre padre e hijo.

—Eso tengo entendido y le sugiero que ha llegado el momento de que limen sus diferencias y entierren el hacha de guerra. Su padre necesita saber que lo quiere.

—Si no lo quisiera, no estaría aquí.

—Pues dígaselo. ¿Tanto le costaría decirle que lo quiere?

—No, no me costaría, pero a él a lo mejor le da un infarto.

Emily se preguntó qué habría sucedido entre aquellos dos hombres para que se distanciaran tanto.

—Me parece que ninguno de ustedes tiene idea de lo mucho que se sufre cuando se pierde a un ser querido sin haberle dicho lo mucho que se le quiere. Yo lo he visto muchas veces, más de las que me habría gustado, he sido testigo del dolor y del arrepentimiento de las familias porque se les ha pasado el momento de decir lo que querían decir y ya era demasiado tarde.

Niko se acercó a los ventanales del invernadero.

—Nosotros no somos como los demás.

—En una cosa son ustedes exactamente iguales que todos: no son inmortales —contestó Emily decidiendo que había llegado el momento de contarle la verdad—. Niko, su padre me mataría si se enterara de que le estoy diciendo esto, pero quiero que lo sepa. No es sólo que se haya roto la cadera. Además, tiene el corazón muy delicado.

—No me sorprende. Lleva muchos años fumando y sin cuidarse absolutamente nada. Su médico se lo ha dicho muchas veces, pero no ha querido hacerle caso. Es un viejo cabezota.

Emily sabía que aquello era cierto. Pavlos había pedido el alta en el hospital de Vancouver en contra del consejo de los médicos y había insistido en volver a Grecia porque no quería seguir aguantando los cuidados de las enfermeras.

—De tal palo, tal astilla —se atrevió a comentar.

Niko se giró y la miró fijamente. Emily se estremeció.

—Antes de formarse conclusiones apresuradas, tendría que escuchar usted mi versión de la historia —comentó acercándose a ella.

—Usted no es mi paciente —contestó Emily dando un paso atrás—. Soy la enfermera de su padre —añadió al borde de la hiperventilación.

—¿Estoy mal informado o la medicina actual, la medicina holística, defiende la importancia de curar el alma para que se cure el cuerpo? Lo digo porque me parece que eso es exactamente lo que usted ha es-

tado intentando hacerme comprender desde que ha llegado.
—Así es.
—¿Y cómo espera que eso ocurra si sólo tiene la mitad de los datos? ¿Qué tiene que perder por escucharme?

«Tengo mucho que perder», pensó Emily consciente de que, si se dejaba atrapar en la red de seducción de Niko Leonidas, estaría perdida.

Sin embargo, huir como un conejito asustado no formaba parte de su carácter, así que decidió aguantar y apartó el presentimiento irracional de su mente.
—Absolutamente nada —contestó con determinación.
—¿De verdad? —insistió Niko inclinándose sobre ella y bajando la voz—. Entonces, ¿por qué tiene miedo?

Emily tragó saliva y se mojó los labios.
—No tengo miedo.

Capítulo 2

ESTABA mintiendo.
Era obvio. Apartaba la mirada y tenía el pulso acelerado. Niko lo sabía porque la tenía agarrada de la muñeca.

Estaba decidido a averiguar por qué estaba mintiendo, cuál era la causa que tenía a su padre tan abatido. A pesar de que había intentado disimularlo, cuando había ido a recogerlo al aeropuerto, Niko se había quedado horrorizado al ver a su padre tan débil. Se veían poco, hacía mucho tiempo que no estaban de acuerdo en nada y no tenían nada en común, pero Pavlos era su padre y Niko no estaba dispuesto a dejar que una desconocida, por muy guapa que fuera, lo dejara sin blanca.

Tal y como había esperado, Emily se había indignado cuando le había sugerido que no creía que fuera el ángel altruista que quería hacer creer, pero Niko ya se había dado cuenta de lo mucho que su padre dependía de ella, de cómo aquella mujer había conseguido meterse en su vida con sus artimañas.

Su padre nunca había sido un hombre que mostrara sus sentimientos. Por eso, precisamente, verlo agarrado con fuerza a la mano de Emily en el aeropuerto lo había sorprendido todavía más.

Si Niko estaba en lo cierto, le bastaría con lograr que Emily se fijara en él. Seguro que prefería un millonario joven y sano a uno viejo y enfermo.

Y, si se había equivocado, un poco de flirteo no le vendría mal. Por supuesto, cuando su padre dilucidara lo que se proponía, no le iba a hacer ninguna gracia, pero Niko ya estaba acostumbrado a eso. Pavlos no solía estar de acuerdo con lo que su hijo hacía.

—Te has quedado muy callado de repente —comentó Emily interrumpiendo el hilo de sus pensamientos.

Niko se miró con intensidad en sus ojos azules.

—Es que estoy pensando que, quizás, me he precipitado al juzgarte —contestó en tono convincente—. Soy capaz de corregirme cuando me equivoco, así que, si uno de los dos nos tenemos que ir, seré yo.

Dicho aquello, la soltó, abrió la puerta y se encontró de bruces con Damaris. Desde luego, no le habría salido mejor la pantomima ni habiéndola tenido ensayada.

—*Kali oreksi,* Emily —se despidió haciéndose a un lado para dejar entrar al ama de llaves, que llegaba con una bandeja de aperitivos a base de aceitunas, calamares, dolmades, *tzatziqui* y pan de pita—. Que te aproveche.

—Esto es ridículo —le dijo Emily cuando Niko ya salía por la puerta.

—¿Qué pasa? —contestó él volviéndose.

—¿Qué voy a hacer yo sola con tanta comida?

Niko sonrió encantado.

—Es que a los griegos nos encanta comer.

—Ya se ve... pues yo no quiero ofender a esta mujer que se ha esmerado tanto, así que...

—¿Sí?

—Así que quédate y ayúdame con la cena —contestó Emily a regañadientes.

Niko se acarició el mentón en actitud pensativa.

–Sí, sería una pena que la comida se echara a perder. ¿Sabes que esto es sólo el primer plato?

De repente, tuvo la sensación de que se había pasado de la raya porque Emily lo estaba mirando muy seria. Niko esperó a que Damaris limpiara el champán que se había caído y se fuera para sentarse a la mesa.

–Ten cuidado, que se te va a caer la baba, Niko –le dijo Emily–. Lo digo porque queda muy mal.

Niko no estaba acostumbrado a que una mujer lo tratara así. La verdad era que las mujeres con las que solía alternar lo trataban como a un dios. Estaban tan ansiosas por satisfacerlo que habrían aguantado sus comentarios sin protestar, pero Emily no se mordía la lengua. Poco podía imaginarse ella lo atractiva que le resultaba al hacerlo. Niko llevaba toda la vida desafiando retos y le encantaba.

Así que volvió a llenar las copas. Sabía que la penumbra y el champán eran dos elementos imprescindibles para seducir a una mujer.

–Brindemos por llegar a conocernos –propuso elevando su copa.

Emily no respondió, se limitó a probar el champán y a servirse un poco de *tzatziki* sobre el pan de pita.

–Ponte más –le indicó Niko acercándole la fuente.

Emily tomó una aceituna, pero ignoró el champán.

–¿No te gusta la comida griega?

–No la conozco demasiado.

–¿No hay restaurantes griegos en Vancouver?

–Sí, hay muchísimos y, por lo visto, son bastante buenos, pero yo no suelo comer fuera de casa.

–¿Y eso? Seguro que no será por falta de oportunidades. Me apuesto el cuello a que tendrás un montón de admiradores queriendo invitarte a cenar.

–No, no es por eso sino por los turnos de trabajo. Cuando eres enfermera, no tienes mucha vida social que digamos.

«¡Claro, y tú eres tan profesional que nunca te excedes y te tomas la noche libre!», pensó Niko negando, sin embargo, con la cabeza para seguirle el juego.

–¿Qué les pasa a los hombres canadienses que tiran la toalla tan rápido? ¿Son todos eunucos?

Emily se atragantó con la aceituna.

–Que yo sepa no, pero no se lo he preguntado.

–¿Y tus compañeros de trabajo? Todos tenemos la idea de que en los hospitales hay muchos romances entre médicos y enfermeras.

–Esa idea de que todas las enfermeras se casan con médicos es un mito absurdo –contestó Emily algo irritada–. Para empezar, la inmensa mayoría de los médicos actuales son mujeres y, aunque no fuera así, encontrar marido no es una de mis prioridades en la vida.

–¿Por qué? Yo creía que casi todas las mujeres queréis casaros y formar una familia. ¿Acaso tú eres una excepción?

–No –contestó Emily–. Tengo intención de casarme y de tener hijos cuando llegue el momento, cuando encuentre al hombre correcto. Eso no quiere decir que esté dispuesta a casarme con cualquiera.

–Define al hombre correcto –le pidió Niko.

Emily se quedó mirándolo anonadada.

–¿Cómo?

–Me gustaría saber qué criterios emplearías para juzgar si uno hombre es un buen marido para ti.

Emily tomó un trago de champán mientras consideraba la pregunta.

—Tiene que ser un hombre honrado y sincero —declaró.

—¿Alto y guapo también?

—No necesariamente —contestó Emily encogiéndose de hombros.

Al hacerlo, el escote de su vestido se movió sobre la delicada piel de sus pechos, que Niko encontraba tan atractivos muy a pesar suyo.

—¿Rico y con éxito social entonces?

—Desde luego, con un buen trabajo porque, si tenemos hijos, me gustaría cuidarlos y para eso tendría que dejar de trabajar.

—Si tuvieras que elegir una sola cualidad en ese hombre, ¿cuál sería?

—La capacidad de amar —contestó Emily sonriendo de manera soñadora—. Lo que más me gusta del mundo es el amor. Para mí, un matrimonio sin amor no es un matrimonio de verdad.

Niko estaba comenzando a irritarse, pues la conversación no estaba tomando el derrotero que él había previsto.

—No estoy de acuerdo. Yo jamás dejaría que mi corazón decidiera. Hay que ser más racional. Debe ser la cabeza la que elija.

—¿Por qué? ¿No crees en el amor?

—Tal vez creí de manera muy breve hace años, pero la persona amada murió de un derrame cerebral cuando yo tenía tres meses.

—¿Te refieres a tu madre? —se lamentó Emily llevándose una mano a la mejilla—. Oh, Niko, qué triste eso que me cuentas. Lo siento mucho.

Niko no quería ni su compasión de su piedad, así que las apartó con eficiencia brutal.

—Tranquila, no hace falta que lo sientas. No la conocí, así que no la echo de menos.

—Te dio la vida —le recordó Emily haciéndolo enrojecer de vergüenza.

—Sí, y perdió la suya por hacerlo, algo que he pagado siempre.

—¿Por qué? No fue culpa tuya que ella muriera.

—Según mi padre, sí.

Emily apenas había tocado su copa de champán, pero la de Niko estaba vacía y se apresuró a rellenarla, pues no estaba acostumbrado a tratar aquellos asuntos que tanto dolor le producían.

—Tenía cuarenta y un años y dar a luz a un bebé de más de cinco kilos acabó con ella —sentenció.

—Muchas mujeres esperan a los cuarenta para ser madres.

—Y no todas mueren por ello.

—Exacto. No creo que tu padre te culpe de esa tragedia. Después de todo, tu madre le dio un hijo, algo que a los hombres os gusta mucho.

—A lo mejor eres una enfermera maravillosa, Emily Tyler, pero como sicóloga no tendrías mucho futuro.

—¿Por qué dices eso?

—A mi padre le hubiera dado igual no tener un hijo. Mi madre era la persona a la que más quería en el mundo y, para él, yo se la arrebaté.

—Entonces, no haberla dejado embarazada. ¿O acaso también vas a ser tu culpable de eso?

—Supongo que, como llevaban veintiún años casados y nunca se había quedado embarazada, no pensaron en tomar precauciones. Anda, bébete el champán, que no me gusta beber solo.

Emily tomó un pequeño sorbito.

—No me puedo creer que, una vez pasado el dolor

inicial, el hecho de tu existencia no consolara a tu padre.

−Veo que no sabes mucho de las familias disfuncionales. Mi padre y yo nunca nos hemos llevado bien. Nunca me ha querido, no solamente porque matara a su único amor sino porque, además, nunca me ha impresionado ni su dinero ni su estatus social.

−Lo que a lo mejor le parece algo encomiable...

−No dejes que la compasión que sientes por un niño sin madre te nuble la razón −le espetó Niko−. Siempre he sido un rebelde, desde pequeño. De adolescente, me encantaba poner en evidencia a mi padre metiéndome en líos y de mayor me negué a dejarme comprar por su dinero. No fui un niño bueno y no soy un adulto bueno.

−Eso no hace falta que lo jures, me lo creo perfectamente −contestó Emily con desdén−. Lo que me cuesta creer es que seas un adulto. Yo creo que nunca has crecido. Te has quedado en la adolescencia, la edad en la que todos desafiamos a nuestros padres.

Desde luego, aquello no estaba saliendo como Niko había planeado. Se suponía que, para entonces, Emily tendría que estar completamente entregada, lista para caer en sus brazos, y en su cama, no plantándole cara.

Y, para colmo, Niko volvía a tener la copa vacía.

−Cuando te veas en una situación parecida a la mía, podrás hablar −le espetó−. Hasta entonces...

−Ya he estado en esa situación −lo interrumpió Emily−. Lo cierto es que la situación que yo viví fue el doble de penosa que la tuya porque yo perdí a mis dos padres en un accidente de coche cuando tenía nueve años. A diferencia de ti, tenía edad suficiente como para recordarlos y echarlos terriblemente de menos. Recuerdo lo que es ser amada de manera incondicional y lo que es que te quiten ese amor en un abrir y cerrar de ojos, recuerdo sus voces y sus risas, el olor del perfume de mi madre y el olor de los puros cubanos de mi padre y sé lo que es que los familiares te acepten de mala gana y que te traten como una carga –le explicó Emily de manera aislada–. He aprendido yo solita lo que es tener que trabajar duro para ganarme la vida y te aseguro que me lo pienso muy bien antes de gastar un solo dólar –añadió mirando su camisa con desprecio–. Tú, sin embargo, es obvio que no sabes lo que es el no tener. No me creo ni por un momento que tu padre no te quiera, así que resulta que la ganadora de este improvisado concurso de a ver quién tiene la historia más triste soy yo.

Niko tardó unos segundos en contestar.

–Lo cierto es que no estoy acostumbrado a que nadie me hable de mis defectos de manera tan franca, pero veo que a ti se te da muy bien. ¿Tienes alguna otra cosa más que decirme antes de que me suba al coche y me vaya?

–Sí –contestó Emily–. Come algo. No has hecho más que beber y no estás en condiciones de conducir. De hecho, creo que harías mejor en quedarte a dormir aquí.

–¿Eso es una proposición deshonesta, Emily?

–No, es una orden –contestó Emily–. Si se te ocurre no obedecerla, te doy una patada donde más te duele.

Aquella mujer no debía de pesar más de cincuenta kilos, así que físicamente no tenía nada que hacer contra Niko, pero era cierto que no le faltaban agallas. Teniendo en cuenta su profesión, conocía bien la anatomía humana, así que seguro que era capaz de infligirle un serio daño. Aquello, sin embargo, no fue suficiente para detener a Niko, que se encontraba tan excitado ante la posibilidad de que Emily le plantara cara que se cuestionó el plan de ataque que había ideado.

Se suponía que era ella la que tenía que estar a su merced y no al revés, pero, hasta el momento, Emily se había mostrado indiferente a sus encantos mientras que él, por el contrario, estaba rendido a sus pies.

En aquel momento, volvió Damaris para servirles pechugas de pollo rellenas de espinacas y ziti, lo que le dio a Niko tiempo suficiente para ordenar sus hormonas y redirigir su energía hacia canales más productivos.

—¿Por qué permitiste viajar a mi padre cuando es evidente que está muy débil? —le preguntó una vez a solas de nuevo.

—Hice todo lo que pude para intentar convencerlo de que no viajara, pero lo único que quería era volver a Grecia y no pudimos hacer nada para evitarlo. Creo que tiene miedo.

—¿De morir?

—No, de no morir en Grecia.

A Niko no le costaba creerlo, pues su padre siempre había sido un enamorado de su país.

—¿Por eso te ofreciste a acompañarlo a casa?

—Más bien, me eligió el a mí. Durante su estancia en el hospital, tuvimos oportunidad de conocernos bastante bien.

Una hora antes, Niko habría tomado aquel dato como otra señal de que Emily tenía segundas intenciones con su padre, pero ahora ya no estaba tan convencido.

Emily como mujer le estaba resultando mucho más interesante que Emily como cazafortunas.

Niko se dijo que debía restablecer sus prioridades y no perder el norte.

–¿Qué fue de ti cuando tus padres murieron? –le preguntó para ganar tiempo.

–Me mandaron a vivir con la hermana de mi padre. Mi padre tenía treinta y seis años cuando murió y la tía Alicia era once años mayor que él. Ella y el tío Warren no tenían hijos, pero eran mis únicos parientes directos, así que no tuvieron más remedio que hacerse cargo de mí. A ninguno les hizo demasiada gracia.

–¿Te trataron mal?

–No, nunca me maltrataron, pero no perdían oportunidad de recordarme que habían hecho lo correcto ocupándose de mí. Yo creo que, de no haber sido por las apariencias, no les habría importado que terminara en un orfanato. Por supuesto, la prestación que me acompañaba también influyó, pues el Estado los ayudó a mantenerme durante nueve años.

–¿Y luego?

–En cuanto terminé el colegio, solicité entrar en la Facultad de Enfermería, me aceptaron y me fui al campus universitario a finales de agosto. Jamás volví a «casa».

–¿Y cómo hiciste para pagarte los estudios? ¿Te lo cubrió también el Estado? Supongo que te quedaría dinero del seguro de vida de tus padres.

–No, me las apañé con becas y con préstamos de bajo interés para estudiantes.

Niko se sintió repentinamente indignado. Su padre podía ser muchas cosas, pero jamás le había negado la herencia de su madre.

–¿Me estás diciendo que se gastaron tu dinero en lugar de guardarlo para tu educación?

—No, no se gastaron mi dinero —contestó Emily de manera poco convincente—. Digamos que la suma inicial tampoco era para tanto.

Hubo algo en aquella contestación que picó la curiosidad de Niko, pero sabía que no era el momento de seguir investigando, así que no lo hizo.

—¿Sigues en contacto con ellos?

—Una felicitación de Navidad es todo lo que hay entre nosotros.

—Entonces, ¿no saben que estás aquí?

—No lo sabe nadie —contestó Emily—. El acuerdo entre tu padre y yo es privado. Si mis jefes se enteraran de lo que he hecho, probablemente, me despedirían.

Lo que no tendría ninguna importancia si, tal y como había sospechado Niko en un principio, a Emily le interesara el dinero de su padre porque, a una vez casada con él, su sueldo de un año sería apenas dinero de bolsillo.

—¿Y por qué te has arriesgado de esa manera?

—Porque, cuando a tu padre le dieron el alta, se vio en un país extranjero donde no tenía amigos ni familia.

—Si me hubierais llamado, me habría presentado allí en menos de veinticuatro horas.

—Quizás no quiso molestarte —contestó Emily intentando suavizar la situación.

—Así que me estás diciendo que prefirió molestar a una perfecta desconocida y obligarla a arriesgarse a perder el trabajo. A todo esto, Emily, ¿qué has dicho en el hospital para poder irte?

—He pedido una excedencia de tres meses.

—Un gesto muy noble por tu parte ése de emplear tus vacaciones en cuidar a un enfermo.

–¿Por qué no? No tenía nada mejor que hacer.

«Excepto sacarle brillo a tu ego», pensó Niko con sarcasmo.

–Deberías divertirte un poco. Uno no debe estar todo el día trabajando –comentó ocultando su escepticismo–. Habrá que cambiar eso.

–Estar aquí ya es cambio suficiente. Si el tiempo mejora, seguro que Pavlos me dará algún día libre para dar una vuelta.

–Seguro que sí y, cuando eso ocurra, cuenta conmigo para hacerte de guía.

–Muy amable por tu parte, Niko.

Podría haberle contestado que la sugerencia no tenía nada de amable por su parte y sus motivos no eran puros en absoluto.

El resto de la cena transcurrió en una conversación ligera interrumpida de vez en cuando por el ruido de la lluvia en los cristales. Antes del café, Emily se había quedado ya sin cosas que compartir y estaba visiblemente cansada. A pesar de ser un canalla sin escrúpulos, Niko sintió pena por ella, pues comprendía que, además del vuelo transatlántico, había tenido que cuidar de su padre, así que, cuando Emily dejó a un lado la servilleta y le pidió que la excusara, no hizo intento alguno por retenerla sino que se puso en pie y la acompañó hasta la escalera.

–Buenas noches –murmuró Emily.

–*Kali nikhta* –contestó Niko–. Que duermas bien.

Emily debía de estar en mitad de la escalera cuando un rayo atravesó el cielo y dejó la casa sumida en la oscuridad.

Niko oyó su exclamación ahogada y el ruido de sus tacones sobre el mármol.

–No te muevas –le ordenó.

Conocía bien aquella escalera y sabía lo peligrosa que podía ser a oscuras. Él la conocía bien y podía subir y bajar sin luz, así que no tardó en llegar junto a Emily. Justo entonces un segundo rayo atravesó la noche, iluminando su rostro asustado.

–¿Qué ha pasado? –le preguntó agarrándose con fuerza a la barandilla.

Sin pensar lo que hacía, Niko le rodeó los hombros con el brazo y la atrajo hacia así. Tuvo la sensación de abrazar a una niña, pues era menuda, pero se recordó que aquel cuerpo que estaba junto al suyo era el de una mujer de gloriosas curvas.

–Se ha ido la luz –contestó sintiéndose absurdo por tamaña perogrullada en su intento por distraer la atención de Emily de su evidente erección.

–De eso ya me he dado cuenta –contestó ella.

–Supongo que se habrá estropeado el generador.

–Ah –contestó ella.

Niko supuso que, para entonces, ya habría sentido su erección, pues era difícil no hacerlo estado tan juntos.

–¿Sucede a menudo? –le preguntó.

¿Estaban hablando de lo mismo?

–No –contestó Niko intentando controlar su excitación–. No es muy normal en esta época del año.

–Tendría que ir a ver qué tal está tu padre.

–No hace falta –contestó Niko al oír pisadas y ver el reflejo de una vela en la pared de la escalera–. Georgios ya se está ocupando de eso, pero, si te quedas más tranquila, te acompaño a tu habitación y, luego, voy a verlo yo. ¿Sabes en qué habitación te han instalado?

–Solo sé que es azul y beis, que tiene muebles antiguos preciosos y una cama con dosel.

Niko asintió. Por la descripción que Emily le acababa de hacer, había reconocido la habitación, así que sin soltarla de la cintura la guió hasta allí, subiendo el resto de la escalera juntos y girando a la derecha en el rellano de la primera planta. Una vez ante la puerta de su dormitorio, la abrió y le indicó que pasara.

Los leños que había en la chimenea se habían consumido, pero las ascuas iluminaban con tonos anaranjados la estancia. Suficiente para que, cuando Emily lo miró, sus miradas se encontraran y ambos se sintieran prisioneros del deseo sexual que había germinado en su interior desde que se habían conocido.

Niko no tenía pensado besarla tan pronto, habría preferido un acercamiento más sutil, pero, cuando Emily se giró y quedó apoyada en su pecho con el rostro elevado hacia él, le pareció lo más normal del mundo inclinarse sobre sus labios y besarla en la boca.

Capítulo 3

A EMILY la habían besado en otras ocasiones, pero siempre una parte de su cerebro había permanecido alerta para describir la situación: demasiado baboso, demasiado suave, demasiado agresivo, demasiados dientes, demasiada respiración entrecortada, ternura insuficiente...

Aquellas experiencias la habían llevado a convencerse de que los besos no eran tan importantes. Claro que eso fue hasta que Niko Leonidas apareció en escena y la hizo comprender que un buen beso podía ser espectacular.

Lo que aquel hombre hacía con la boca iba mucho más allá de lo normal y sobrepasaba lo divino. Se trataba de un beso firme y seguro, lleno de pasión, que parecía no querer nada y que, sin embargo, la dejó completamente desvalida, despojándola de todo, de su independencia, de su concentración, de su moralidad e incluso de su sentido de supervivencia.

Emily sólo se había acostado con un hombre y la experiencia había sido tan desastrosa que la había llevado a elegir el celibato. Además, había que tener en cuenta que jamás se había enamorado.

Sin embargo, habría dejado que Niko la poseyera allí mismo, en el suelo, si se lo hubiera pedido. Le habría dejado que le levantara la falda y la acariciara como ningún otro hombre lo había hecho hasta entonces. Mientras siguiera besándola, le dejaría hacerle cualquier cosa.

Pero debía de ser que él no quería ni la cuarta parte de lo que ella deseaba, porque se apartó y habló como si tal cosa.

—Voy a ver qué tal está mi padre y a buscar unas cuantas velas.

Emily se agarró al respaldo de una silla y asintió. Sentía las rodillas que le temblaban y no podía articular palabra. Sentía que le dolían los pechos y que entre las piernas se le había formado un charco de fluidos calientes.

Niko desapareció en un abrir y cerrar de ojos y Emily se sentó en la silla y se quedó esperándolo. Un reloj de pared iba marcando los minutos que iban transcurriendo. Al cabo de un rato, Emily recuperó la cordura y se preguntó qué demonios había hecho, qué tipo de locura la había poseído, cómo era posible que hubiera estado dispuesta a entregarse a un hombre al que acababa de conocer.

«Cuando vuelva, no le dejaré entrar. Es demasiado para mí y no quiero sufrir», decidió.

Sin embargo, cuando llamaron a la puerta, la lógica desapareció y la pasión se volvió a apoderar de ella.

—¡Ya creía que no ibas a volver...! —le reprochó interrumpiéndose al ver que se trataba de Georgios, que llegaba con un candelabro de plata en una mano y una linterna en la otra.

—Niko me ha pedido que le trajera esto y que le dijera que el señor está durmiendo apaciblemente —le indicó el mayordomo.

Emily recuperó la dignidad y se echó a un lado para dejarlo entrar.

—Gracias —le dijo.

—*Parakalo* —contestó Georgios dejando el candelabro sobre la cómoda y entregándole la linterna—. También me ha indicado que le diga que se ha tenido que ir porque lo han llamado.

—¿A estas horas? —preguntó Emily sin ninguna intención de ocultar su incredulidad.

El mayordomo asintió.

—Sí, señorita, ha recibido una llamada urgente y estará fuera varios días.

¡Qué canalla! ¡Qué cobarde! Emily se tragó el enfado y la humillación y asintió.

—Ha debido de ser algo muy importante para salir con la tormenta que hay —comentó.

—No lo sé. No me lo ha dicho —contestó el mayordomo dirigiéndose a la puerta para irse.

—Bueno, da igual. No tiene importancia —contestó Emily.

Y era cierto. Niko Leonidas no era importante en su vida. Había ido allí para ocuparse del padre, no para seducir al hijo.

—Muchas gracias por las velas y por la linterna, Georgios. Buenas noches.

—*Kalispera, thespinis*. Que duerma bien.

Sorprendentemente, Emily durmió muy bien aquella noche y se despertó al día siguiente viendo que el cielo estaba despejado y lucía un sol maravilloso. La tormenta de la noche anterior había pasado a la historia, exactamente igual que el beso de Niko.

Cuando bajó, encontró a Pavlos levantando y vestido, sentado en el porche, admirando el jardín y tomándose un café. En la mesita que tenía junto a él descansaban el periódico y un par de prismáticos.

Al verla llegar, se llevó el dedo índice a los labios y le hizo un gesto para que se acercara.

—Mira —susurró indicándole una pareja de pájaros bastante grandes que tenían el plumaje de la cabeza gris azulado, el pecho rosado y las alas marrones moteadas de negro—. ¿Sabes lo que son?

—¿Palomas? —aventuró Emily.

—¡Por Dios, son tórtolas europeas! —exclamó Pavlos con desdén—. No hay muchas hoy en día, pero saben que pueden venir a mi jardín porque aquí están a salvo. No sabías que me encantan los pájaros, ¿verdad?

—No —contestó Emily notando que su paciente tenía un brillo especial en los ojos y mejor color que cuando habían llegado—, pero sé que te encuentras mucho mejor esta mañana. Has debido de dormir muy bien.

—No hay nada mejor que estar en casa para encontrarse bien. Ésa es mi forma de ver las cosas, claro, porque Niko no está de acuerdo conmigo. Por cierto, ¿dónde está? Suponía que habría dormido aquí por lo menos esta noche.

—No, por lo visto lo llamaron de repente, era algo urgente y se tuvo que ir.

—Ya —contestó Pavlos echando los hombros hacia atrás y elevando el mentón en actitud de guerrero que no se deja vencer—. Otra de sus escapadas absurdas supongo, lo que no me sorprende. Lo cierto es que no pensaba que se fuera a quedar. Bueno, da igual. ¿Has desayunado?

—No —contestó Emily sintiendo pena por su paciente, comprendiendo que se sentía solo—. Quería venir primero a ver qué tal estabas.

–Estoy bien, pero tengo hambre. ¿Desayunamos juntos? –le propuso levantando el auricular del teléfono y hablando con la persona que le contestó al otro lado.

Poco después, Georgios entró en el salón con un carrito en el que había desayuno para dos personas y un delicioso café que se hacía de manera ritual y gran ceremonia sobre una llama, en un pequeño cacillo de cobre llamado briki y que se servía inmediatamente en tazas de loza blanca con un vaso de agua fría al lado.

–Todos los griegos empezamos el día tomando un buen café –declaró Pavlos.

Desde luego, el aroma era maravilloso, pero a Emily le costó un poco acostumbrarse a la bebida, que era muy fuerte. La fruta con yogur, almendras, miel y un poco de canela le resultó deliciosa.

Durante los siguientes días, descubrió que Pavlos no creía demasiado en los médicos, tenía a los fisioterapeutas por inútiles y no dudaba en decírselo a la cara. Podía mostrarse feroz como un ogro cuando lo obligaban a hacer los ejercicios que le habían impuesto para reforzar la cadera y considerado como nadie cuando creía que Emily trabajaba demasiado.

Mientras su paciente descansaba echándose la siesta después de comer, Emily se iba a la piscina, paseaba por la playa o exploraba el barrio, donde había tiendas estupendas. Por las noches, jugaban al póquer o al gin rummy aunque Pavlos siempre hacía trampas.

–¿Echas de menos tu país? –le preguntó una mañana en la que Emily empujaba su silla por la terraza después de la sesión de fisioterapia.

Emily miró las flores de vivos colores, los pavos

reales que se paseaban por las praderas, el cielo azul y el mar azul turquesa y pensó en la lluvia que debía de estar cayendo en Vancouver, en el viento del sudeste dejando los árboles desnudos, en los paraguas y en el frío.

–No, estoy muy bien aquí –contestó.

–Bien. Me alegro. Así, no tienes excusa para irte.

Eso fue hasta que durante la segunda semana que llevaba allí apareció Niko tan de repente como se había ido.

–Así que estás aquí escondida –comentó al encontrar a Emily leyendo en el porche–. Te he estado buscando por todas partes.

Aunque la había sorprendido, Emily consiguió mantener la compostura y contestar como si tal cosa, con indiferencia.

–¿Por qué? ¿Qué quieres?

–Quiero invitarte a cenar conmigo esta noche –contestó Niko sentándose a su lado aunque no lo había invitado.

¡Menudo caradura!

–No me apetece –contestó Emily–. No vaya a ser que desaparezcas de repente y me dejes a mí con la cuenta –añadió intentando hacerse la graciosa.

–Como hice la otra noche, ¿verdad? –contestó Niko haciendo una mueca de disgusto–. Perdóname por eso, pero...

–Olvídalo, Niko. Yo ya lo he hecho.

–No, no lo has olvidado y yo, tampoco. No quiero hacerlo. Ven a cenar conmigo y te daré una explicación.

–¿Y qué te hace pensar que yo quiera una explicación?

–Estás muy tiquismiquis conmigo –contestó Niko

acercándose–. Dame una oportunidad. Escucha lo que tengo que decirte.

–Suelo jugar a las cartas con tu padre todas las noches.

–Bueno, pues saldremos tarde a cenar. Por cierto, ¿qué tal está? Me he pasado por su suite, pero estaba durmiendo.

–Se sigue cansando mucho, pero ha mejorado con las sesiones de fisioterapia.

–Me alegro –sonrió Niko acariciándole el brazo–. Entonces, ¿qué me dices, preciosa? ¿Cenamos juntos esta noche?

Intentar resistirse a aquel hombre era completamente imposible.

–Con tal de que me dejes leer en paz, acepto, pero te advierto que no creo que pueda antes de las diez.

Niko se acercó todavía un poco más y la besó con descaro en la mejilla.

–Puedo esperar... aunque me va a costar –admitió.

Aquella noche, Niko la llevó a un restaurante que estaba metido en el mar, situado a un cuarto de hora de la casa de su padre. Emily se había recogido el pelo en un moño y llevaba un vestido negro que se había comprado en una de las boutiques de la zona a juego con sandalias negras de tacón alto. Completaba su sencillo atuendo un par de preciosos pendientes de plata y cristal.

Se alegró de haberse vestido así, pues el lugar elegido por Niko bien lo valía. Se trataba de un restaurante muy sofisticado en el que todas las mesas estaban vestidas con manteles de hilo blanco y en el que sobre cada una de ellas había una gardenia blanca. El local contaba con una pequeña pista de baile y la música que sonaba creaba un ambiente elegante y romántico.

Al llegar, los acompañaron a una mesa situada junto a un ventanal y, tras pedir algo de beber, los dejaron a solas.

–Estás muy guapa, Emily. Pareces más una modelo que una enfermera –comentó Niko.

–Gracias. Tú también estás muy bien –contestó Emily sinceramente.

Niko se había puesto un traje gris marengo que parecía de corte italiano y que le quedaba de maravilla con aquel cuerpo tan estupendo que tenía.

–Me gustan tus pendientes –comentó Niko sonriendo.

–Eran de mi madre. A ella le encantaban las joyas y la ropa bonita –comentó Emily llevándose la mano a uno de los pendientes y recordando a su madre arreglada para salir–. Tengo todas sus cosas... sus vestidos y sus zapatos de noche y sus bolsos de pedrería.

–¿Y los usas?

–No mucho... no tengo ocasión.

Niko deslizó la mirada desde sus ojos por su garganta y hasta sus hombros y Emily tuvo que hacer un gran esfuerzo para no taparse con el chal plateado con el que se había cubierto.

–Qué pena –murmuró Niko–. Una mujer tan bonita como tú debería llevar siempre cosas bonitas.

–Mi madre sí que era guapa, no yo.

–¿Tú crees?

–Sé que es así –contestó Emily dándole las gracias al camarero cuando les llevó los aperitivos–. Mi padre también era increíblemente guapo. Formaban una pareja de lo más glamurosa.

–Háblame de ellos –le pidió Niko probando el vino tinto–. ¿Cómo eran? Aparte de guapos, claro.

—Felices. Estaban locos el uno por el otro.
—¿Les gustaba salir?
—Sí —contestó Emily sin dudarlo.
—¿Qué más?
—Sabían disfrutar de la vida —contestó Emily mirando hacia el mar—. Solían bailar en el salón después de cenar, se iban a la playa por la noche a bañarse desnudos, se disfrazaban en Halloween, decoraban un gran árbol en Navidad, todo el mundo quería estar con ellos, los invitaban a todas las fiestas y murieron demasiado pronto.

Niko detectó la terrible pena que aquello todavía producía en Emily.

—¿Qué les pasó?
—Volvían a casa de una fiesta por una carretera muy mala de muchas curvas. Estaba lloviendo mucho y apenas había visibilidad. Chocaron de frente contra otro coche y murieron en el acto.

—Vaya, cuánto lo siento, Emily —le dijo Niko sinceramente.

Al darse cuenta de que sus emociones amenazaban con salir a la superficie, Emily se controló, se irguió sobre la silla y cambió de tema.

—Gracias, pero fue hace mucho tiempo y, además, hemos venido a hablar de ti y no de mí, así que dime, Niko, ¿de qué fue lo que tuviste miedo la otra noche después de besarme? Y, por favor, no me digas que fuiste a ver qué tal estaba el generador porque Georgios me dijo que te llamaron por teléfono. ¿Acaso habías quedado y lo habías olvidado o es que beso peor que las mujeres a las que estás acostumbrado?

—Ninguno de las dos cosas —contestó Niko—. Me tuve que ir a trabajar.

—¿Trabajas?

—Pues sí —contestó Niko riéndose—. Como la mayor parte de personas de mi edad.
—Ya. Pues no tienes pinta de empresario.
—Es que no lo soy.
—Y te recuerdo que era por la noche.
—Así es.
—¿Entonces?
—Tenía que prepararme para salir de Atenas a primera hora de la mañana.
—¿Hacia dónde?
—Muy lejos.
—Mmm —suspiró Emily algo indignada—. Te falta decirme que te dedicas al narcotráfico.
—A veces —contestó Niko.

Aquélla era la última respuesta que Emily hubiera creído obtener. Cansada de aquella tomadura de pelo, dejó la servilleta sobre la mesa, echó hacia atrás la silla y se puso en pie.

—Si ésta es la explicación que querías darme, no me sirve.
—Tranquila —le dijo Niko agarrándola de la mano para que no se fuera—. Tuve que ir a África a llevar cosas a un hospital.

Emily volvió a sentarse y se quedó mirándolo estupefacta.

—¿Trabajas para Médicos Sin Fronteras?
—En este caso en concreto, sí.

En aquel momento, llegó su camarero para retirar los aperitivos que habían sobrado y dejar sobre la mesa el primer plato. Emily esperó impaciente mientras el camarero les servía el arroz con calamares y gambas. Las preguntas se agolpaban en su cabeza.

—¿Cómo fuiste hasta allí? —le preguntó una vez a solas.

—En avión —contestó Niko.

—¿No me digas?

Niko sonrió divertido.

—Da la casualidad de que tengo una pequeña flota de aeronaves que me vienen muy bien para ocasiones como ésta.

—¿Fuiste pilotando tu propio avión?

—En una palabra, sí.

—Ir a sitios así puede ser peligroso, Niko.

Niko se encogió de hombros.

—Puede que sí, pero alguien lo tiene que hacer.

Emily se quedó mirándolo. Los prejuicios que tenía sobre él se habían esfumado.

—¿Y cómo es que sabes pilotar?

—Después de hacer el servicio militar, estuve cinco años en las fuerzas aéreas griegas —contestó Niko—. Ahí fue cuando entré en contacto con las misiones de rescate. A mi padre no le hizo ninguna gracia que eligiera la carrera militar en lugar de trabajar con él para quedarme con su imperio.

—¿Lo hiciste por eso?

—No completamente. Me encanta la libertad de volar y llevar ayuda humanitaria allí donde se necesita me parecía mucho más útil que amasar más dinero. ¿Qué tal están los calamares, Emily?

—Deliciosos —contestó Emily aunque apenas los había probado, pues se le hacía mucho más interesante lo que estaba descubriendo sobre su compañero de mesa—. Me has dicho hace un rato que tenías una flota de aeronaves. Eso quiere decir que tienes más de un avión.

—Tengo diez aviones y quince empleados —contestó Niko—. Somos una empresa privada que atendemos llamadas las veinticuatro horas del día todos los días del año, volamos allí donde se nos necesita y llevamos la ayuda que se nos pida. El mes pasado, volamos junto a las fuerzas de la Cruz Roja después del terremoto que hubo en el norte de Turquía. Cientos de personas se quedaron sin hogar. El mes anterior a eso, cooperamos con Oxfam Internacional.

–Si es cierto que tan poco te atrae el dinero, ¿cómo pagas todo eso? ¿Te apoya tu padre económicamente?

–Ya te podrás imaginar que no. Nunca me lo ha ofrecido, pero, aunque lo hubiera hecho, prefiero morirme de hambre a aceptar su dinero. Por cierto, yo no he dicho nunca que el dinero no me atraiga. El dinero te hace la vida más fácil. Lo que yo he dicho es que no me atrae el dinero de mi padre.

–No te entiendo.

–Heredé una considerable fortuna de mi madre –le explicó Niko–. A cada uno lo suyo. Pavlos la supo invertir muy bien y, para cuando cumplí los veintiún años, me encontré con que tenía tanto dinero que podía hacer lo que me diera la gana. Fue entonces cuando elegí utilizar ese dinero en beneficio de los más necesitados –añadió–. ¿Por qué me miras tan sorprendida?

–Porque la semana pasada me dijiste que no eras un hombre bueno y yo te creí, pero ahora me doy cuenta de que no es cierto.

–No te dejes engañar por las apariencias, Emily –le advirtió Niko–. El hecho de que no sea inmune al sufrimiento humano no me convierte en un santo.

–No, pero estoy empezando a pensar que eres un hombre muy bueno.

Niko apartó su plato de comida irritado.

–Se te ha debido de subir el vino a la cabeza. Anda,

vamos a bailar antes de que te pongas a decir cosas de las que te vas a arrepentir.

Emily tendría que haber declinado la invitación, pero no lo hizo, pues la idea de verse de nuevo entre sus brazos le gustó demasiado, así que dejó que la llevara hasta la pista de baile. Una vez allí, abrió los brazos y le tendió las manos.

–Ven aquí, preciosa –le dijo.

Y Emily fue.

El rencor que sentía hacia él se había evaporado y de nuevo se sentía completamente desvalida a su lado. Y no era para menos, pues a aquel hombre le bastaba con una simple caricia o una simple mirada de sus maravillosos ojos verdes para hacer que cualquier mujer se olvidara de sí misma.

Y, encima, resultaba ser de lo más decente, lo que lo convertía en una persona completamente irresistible.

Capítulo 4

Q UÉ GUSTO estrechar a una mujer con curvas, una mujer que no estaba desprotegida, cuyos huesos, aunque delicados y finos, no eran tan frágiles que daba miedo estrecharla con demasiada fuerza por si se fuera a romper, una mujer con pechos turgentes y no caídos de amamantar a tantos hijos, una mujer que no se amedrentaba cuando un hombre la tocaba, una mujer que olía a flores y no a pobreza.

–Para –le dijo Niko inhalando la dulce fragancia de su pelo.

–¿Que pare qué? –contestó Emily.

–Para de pensar. Oigo la maquinaria de tu cerebro dando vueltas.

–Es que no puedo evitar preguntarme...

Niko la acercó todavía un poco más hacia su cuerpo, lo suficiente para que Emily derritiera el bloque de hielo que llevaba en su interior y se encontrara siendo un ser humano completo de nuevo. Siempre que volvía de una misión horrible, la voz y el cuerpo de una mujer lo calmaban, lo ayudaban a borrar la miseria que había visto y a la que no se acostumbraba. Tantas vidas desaprovechadas, tanto terror, la prueba evidente de la falta de humanidad de unos seres humanos con otros.

–Pues deja de preguntarte, Emily –le dijo encantado de que se hubiera olvidado el chal en la mesa–.

No te hagas preguntas, olvídate de todo y vive el momento.

—No me resulta fácil, Niko. No eres la persona que yo creía que eras.

Niko le deslizó la mano por la espalda, la colocó sobre su cadera y la apretó contra su cuerpo.

—Ya lo sé.

Era peor. Mucho peor. No era el héroe maravilloso que ella había creído descubrir sino un hombre con intereses ocultos en lo que a ella se refería. La estaba engañando completamente, pues Emily no tenía ni idea de los verdaderos motivos que habían llevado Niko a besarla y, de paso, la estaba utilizando para calmar su zozobra personal.

—Siento mucho haberte juzgado mal —se disculpó Emily.

—Tranquila, no te has equivocado —le aseguró Niko muy excitado—. Soy tan mala persona como tú crees.

—No te creo.

Habían dejado de bailar. De hecho, llevaban parados unos minutos. Las demás parejas seguían bailando al ritmo del foxtrot, pero ellos estaban de pie en medio de la pista, tan pegados que Emily no podía ignorar lo que le estaba ocurriendo a la anatomía de su compañero de baile.

—Lo que no entiendo es cómo puedes mostrar tanta compasión por personas desconocidas y tan poca por tu padre.

—No hemos venido aquí para hablar de mi padre.

—Pues yo no estaría aquí, ni siquiera nos habríamos conocido, si no fuera por él —contestó Emily.

—Gracias por recordármelo —contestó Niko acompañándola de nuevo a la mesa—. Tal vez sería mejor que fuéramos volviendo ya a casa porque te tendrás que levantar pronto para atenderlo.

–La verdad es que mi jornada no suele empezar hasta las nueve porque Pavlos prefiere que sea Georgios quien lo ayude a bañarse y a vestirse. Yo suelo estar esperándolo para desayunar.

–Aun así, prefiero que nos vayamos –insistió Niko entregándole su chal–. Se está haciendo tarde.

–Y estarás cansado.

–Entre otras cosas –contestó Niko de manera ambigua, indicándole al camarero que le llevara la cuenta.

Fuera hacía una temperatura agradable, así que Niko mantuvo el BMW descapotado.

–En lugar de volver a Atenas después de dejarme, podrías quedarte a dormir esta noche en casa de tu padre –comentó Emily mientras Niko ponía rumbo a la villa.

–No –contestó Niko sorprendiéndose a sí mismo porque ése era su plan inicial.

Al comienzo de la velada, su plan había sido seducirla, utilizarla para olvidarse de las terribles imágenes que lo acompañaban desde que había vuelto de África y, al mismo tiempo, demostrar así su teoría original de que aquella mujer se vendería al mejor postor.

Sin embargo, a pesar de que la deseaba con todo su cuerpo, no quería utilizarla y, aunque pudiera ser una cazafortunas profesional, ya no quería saberlo.

Era más de la una de la madrugada y todo el mundo dormía excepto Emily, que se sentía tan decepcionada que tenía ganas de llorar.

¿Qué había ocurrido?

La velada había empezado muy bien y, de repente, las expectativas de que terminara todavía mejor se habían esfumado. Emily había creído, después de la conexión que se había establecido entre ellos tanto a nivel intelectual como físico, que cuando Niko había dicho que se fueran del restaurante, por lo menos, le daría un beso.

Y a ella le apetecía. ¿Por qué no? Niko Leonidas era mucho mejor persona de lo que parecía y Emily quería darle una oportunidad. Sin embargo, al llegar a casa, la había acompañado hasta la puerta, le había dado las buenas noches y un casto beso en la mejilla y se había vuelto corriendo al coche, como si temiera que Emily lo fuera a violar.

Aquel hombre era pura contradicción. Por una parte, parecía sospechar de todo y estar cargado de encanto y de pasión y, por otra, era un héroe anónimo y considerado que se preocupaba más de que la mujer con la que había salido a cenar se acostara pronto que de dar rienda suelta a su deseo por ella.

¿O sería que era masoquista y le producía placer dejar a dos velas a las mujeres con las que salía? De ser así, estaba mejor sin él. Con un Leonidas temperamental ya tenía suficiente.

—Así que estuviste por ahí hasta las tantas con mi hijo, ¿eh? —le preguntó Pavlos a la mañana siguiente en el desayuno—. ¿Y si te hubiera necesitado aquí?

—De haber sido así, Georgios sabía cómo localizarme.

—No me refiero a eso.

—¿Y a qué te refieres entonces? ¿Me estás diciendo

que estoy bajo arresto domiciliario y que no puedo abandonar tu casa sin tu permiso?

–Te vas a meter en un buen lío si sigues saliendo con Niko –contestó Pavlos ignorando el sarcasmo de Emily–. Para él, las mujeres no sois más que juguetes que habéis sido creados única y exclusivamente para su entretenimiento y placer. Jugará contigo mientras lo diviertas y, luego, te dejará por otra que le guste más. Te romperá el corazón sin pensárselo dos veces, tal y como ha hecho con otras muchas antes que tú.

Emily no estaba dispuesta a aceptar que ella había llegado a la misma conclusión.

–Soy una mujer adulta y sé cuidarme.

–No sabes llevar a un hombre como mi hijo –insistió Pavlos–. Hazme caso, aléjate de él.

En aquel momento, una sombra cruzó el suelo.

–¿Ya estás hablando otra vez de mí, padre? –preguntó Niko entrando por los ventanales que daban al jardín.

Aquella mañana no llevaba traje sino vaqueros azules y una camisa azul también de manga corta que dejaba a la vista sus musculosos antebrazos.

Emily dio un respingo al oír su voz y apartó la mirada, pero Pavlos no lo hizo, siguió mirando a su hijo intensamente.

–¿Acaso conoces a otra persona que se ajuste a esa descripción?

–No se me ocurre nadie –contestó Niko.

–Con eso está todo dicho –contestó Pavlos tomándose el café–. ¿Qué haces aquí, por cierto?

–He venido para hablar un momento con Emily y para ver qué tal estás.

–No había necesidad de que te molestaras.

–Es evidente que no porque veo que estás tan cascarrabias como siempre, lo que me tomo por un buen síntoma. Se nota que te estás recuperando muy bien.

–Y, en cuanto a Emily, no quiere verte.

–¿Por qué no la dejas hablar a ella? ¿Acaso el hecho de que sea tu empleada te da derecho a hablar por ella?

–¡Parad los dos ahora mismo! –exclamó Emily–. Pavlos, termínate la tostada y deja de comportarte así. Niko, el fisioterapeuta no va a tardar mucho. En cuanto esté aquí, estaré libre para hablar contigo.

–Me temo que no puedo esperar. Tengo una reunión en la ciudad y...

–Pues entonces no te entretengas y vete ya –lo interrumpió su padre abriendo el periódico y fingiendo que le interesaban mucho las noticias–. Y, por cierto, no tengas prisa por volver.

Niko cerró la boca, se giró sobre sus talones y se perdió por el pasillo, pero a Emily le dio tiempo de ver el dolor de sus ojos.

–Eso ha sido cruel e innecesario –le dijo a Pavlos.

–Pues corre tras él a consolarlo con un besito.

–Eso es exactamente lo que voy a hacer –contestó Emily poniéndose en pie y corriendo detrás de Niko–. Espera –le dijo para cuando lo alcanzó, ya cerca del coche.

–Si has venido a consolarme por lo que me ha dicho mi padre, no hace falta que te molestes. Estoy acostumbrado a que me trate así.

–Pero yo, no –contestó Emily–. No sé por qué está de tan mal humor, pero quiero que sepas que no permito que nadie me diga con quién debo o no salir.

–Tal vez, en este caso, deberías hacerle caso. Me conoce de toda la vida y sabe bien cómo soy –le espetó Niko.

Emily se acercó y lo tomó del brazo. Niko ni se inmutó, pero ella siguió adelante.

–Ayer a estas horas, te habría creído, pero ahora sé que eso no es así y por mucho que diga tu padre yo sé cómo eres. Si vas a utilizar lo que ha pasado como excusa para poner fin a nuestra amistad, no te lo voy a consentir. ¿De qué querías que habláramos?

Niko se quedó mirándola pensativo.

–De cuándo estás libre –contestó por fin.

–¿Para qué?

–Evidentemente, para quedar contigo. Quiero verte más.

Emily sintió que el corazón le daba un vuelco.

–Entonces, ¿por qué te comportaste como lo hiciste anoche? –le preguntó sin andarse por las ramas–. ¿Te dedicas a darnos una de cal y otra de arena a todas las mujeres que salimos contigo o sólo me lo haces a mí porque soy especial?

–Por si no te diste cuenta, preciosa, tenía una erección de semental en la pista de baile. Eso te debería haber dado una pista de por dónde iban las cosas.

–Y, efectivamente, así fue, pero, al salir, debiste de cambiar de parecer. Debió de ser que, de repente, dejé de gustarte o que no pudiste mantener lo que se había desencadenado en la pista de baile.

Niko la miró indignado.

–Ninguna de las dos cosas.

–Entonces, ¿a qué vino el dejarme en casa a toda velocidad?

–Hay un momento y un lugar para cada cosa, Emily. No soy de ésos a los que les gusta mantener relaciones sexuales en el asiento de atrás... lo que no quiere decir que no me quisiera acostar contigo, pero tú no me diste a entender tampoco que te encantara la idea. Más bien, todo lo contrario. No paraste de hablar.

–Si me lo hubieras preguntado, te habría contestado con sinceridad que estábamos pensando, más o menos, en lo mismo.

Niko parpadeó.

–¿Estás segura de lo que estás diciendo?

–Muy segura. Me di cuenta nada más conocerte que la química que hay entre nosotros podría resultar explosiva.

–No es la primera vez que me dejas sin palabras –comentó Niko sorprendido–. Y sospecho que no va a ser la última.

–No te estoy diciendo que me vaya a ir a la cama contigo ahora mismo, pero...

–Pero te gustaría que te volviera a invitar a salir.

–Efectivamente. De hecho, me disgustaría bastante que no lo hicieras.

Niko le pasó el brazo por la cintura y la acercó a su cuerpo.

–¿Cuándo estás libre?

–Esta tarde. De tres a siete.

–Vendré a buscarte a las tres y media. Ponte ropa informal, pantalones cómodos y un jersey finito por si tienes frío. Si tienes cámara de fotos, tráetela también. Vamos a jugar a hacer turismo.

Dicho aquello, la besó de manera dulce y firme. En la boca. Para cuando se apartó, Emily tuvo que agarrarse a la puerta del coche para mantenerse en pie.

Emily había leído varios folletos y creía saber cómo era Atenas. Mucho tráfico, mucho ruido y mucha contaminación, edificios muy antiguos conviviendo con bloques de pisos nuevos y, vigilándolo todo, la Acrópolis y el Partenón.

Sin embargo, la realidad superó con creces a los folletos publicitarios.

Niko apareció a buscarla en una moto color rojo cereza y le entregó un casco del mismo color.

–Sujétate fuerte –le indicó.

Dicho aquello, se adentraron en el tráfico de las afueras de la ciudad, cambiando de carril, subiendo y bajando colinas, recorriendo calles estrechas y pequeñas plazas. Con cualquier otra persona, Emily habría pasado mucho miedo, pues la moto iba a mucha velocidad, pero sentada detrás de Niko, agarrada a él por la cintura y apretada contra su espalda se sentía segura y confiada.

Le estaba encantando sentir el viento en la cara, los olores de los bares, la energía que bullía en el aire. Le estaba encantando sentir a Niko tan cerca y percibir el olor de su piel bronceada.

Niko aparcó la motocicleta y la llevó por una avenida peatonal llena de restaurantes y de cafeterías y por un camino de mármol hasta la Acrópolis. Una vez allí arriba, el tamaño y la majestuosidad del Partenón dejaron a Emily con la boca abierta.

–No me puedo creer que esté aquí, viendo esto con mis propios ojos –se maravilló–. Es increíble, Niko. ¡Magnífico! ¡Y menudas vistas...! –exclamó quedándose a continuación en silencio, admirando la ciudad que descansaba a sus pies.

–Desde aquí se ve muy bien el trazado de la ciudad –comentó Niko–. Si en alguna ocasión mi padre prescinde de ti por la tarde, volveremos para ver atardecer desde aquí y nos traeremos una botella de vino. Por la noche es todavía más espectacular.

–Me sorprende que no haya mucha gente.

–Es que octubre no es época de turismo... aunque es uno de los mejores meses para visitar esta ciudad.

A continuación, pasaron unas cuantas horas idílicas paseando entre las ruinas y, al bajar, se pararon en una terraza a tomar un café con hielo y a visitar una preciosa ermita. A Emily le estaba gustando mucho todo lo que estaba viendo, pero lo que más le estaba marcando era lo que Niko aportaba a la visita.

Su sonrisa era como una caricia que le hablaba de placeres por llegar, su voz recitaba la historia de los templos y la mantenía encandilada. Niko no dejaba pasar oportunidad de tocarla, pues la agarraba de la mano para bajar y subir como si fuera un objeto muy preciado para él y le pasaba el brazo por los hombros mientras miraban hacia el horizonte.

Emily estaba encantada.

Excitada, también. Sentía la sangre caliente. Se sentía muy viva.

De repente, demasiado rápido, dieron las seis de la tarde y tenía que volver a Vouliagmeni. Cuando llegaron a la villa, el sol se estaba poniendo y la puerta principal estaba abierta.

–¿Vas a pasar? –le preguntó Emily bajándose de la moto.

–No, *karthula* –contestó Niko–. La tarde ha sido perfecta. ¿Por qué estropearla?

–Ojalá las cosas fueran de otra manera –se lamentó Emily quitándose el casco.

Niko aceptó el casco y lo colgó del manillar.

–Así son las cosas. Así han sido siempre, Emily –le dijo tomándole el rostro entre las manos.

–Me parece muy triste y...

Niko la hizo callar besándola.

–Oh –suspiró Emily.
El beso le había dejado la mente en blanco.
–Me ha gustado –comentó Niko–. Deberíamos hacerlo más a menudo –añadió besándola de nuevo.
En aquel momento, oyeron una queja a sus espaldas.
Pavlos.
–Vaya, vaya, nos han pillado con las manos en la masa –observó Niko–. Me voy. No vaya a ser que se le ocurra sacar la escopeta. Te llamaré pronto.
Un segundo después, se perdió con su moto color rojo cereza camino abajo, dejando a Emily triste y sola.
Porque sabía que el segundo beso no había sido para ella sino para fastidiar a su padre.
De repente, recordó las palabras de Pavlos.
«Para él, las mujeres no sois más que juguetes que habéis sido creados única y exclusivamente para su entretenimiento y placer. Jugará contigo mientras lo diviertas y, luego, te dejara por otra que le guste más. Te romperá el corazón sin pensárselo dos veces, tal y como hecho con otras muchas antes que tú».

Capítulo 5

A JUZGAR por la cara de «ya te lo dije» de Pavlos, Emily dedujo que debía de tener pinta de abatida y así era, efectivamente, como se sentía.

–¿Tenía razón o no? –le preguntó cuando pasó a su lado.

–No sabes lo que dices, Pavlos –contestó Emily–. Ha sido una tarde maravillosa.

–Pero te ha decepcionado, admítelo.

–La verdad es que me habéis decepcionado los dos –contestó Emily–. Sois dos hombres hechos y derechos que os pasáis el día lanzándoos pullas. No me hace ninguna gracia, la verdad. ¿Has cenado?

–No, te estaba esperando.

–No tengo hambre.

–Ah, no permitas que te haga esto. No merece la pena.

La compasión que Emily detectó en la voz de su paciente le puso muy difícil mantener la compostura. Además, tenía razón.

–No me está haciendo nada –contestó.

No, sólo jugar con sus sentimientos.

Pero eso no estaba dispuesta a decírselo a su padre.

Aquella noche, Pavlos se estaba preparando para meterse en la cama cuando se resbaló en el baño y se golpeó la frente contra el borde del lavabo. Georgios tuvo un ataque de pánico al ver la sangre, pues creyó que su amado amo iba a morir y se sintió culpable por ello, así que Emily le dijo que llamara a una ambulancia y se hizo cargo de Pavlos, que había quedado tendido en el suelo. Aunque estaba algo desorientado, maldijo irritado y le apartó la mano cuando Emily intentó evitar que se pusiera en pie.

—¡No estoy muerto! —protestó apoyándose en la bañera—. El golpe no sido para tanto.

—No me preocupa el golpe de la cabeza sino la cadera —contestó Emily poniéndole una toalla mojada sobre la ceja.

El lavabo había parado la caída y parecía que Pavlos podía sentarse en el suelo perfectamente, así que debía de estar bien, pero Emily quería llevarlo al hospital para que le hicieron una radiografía.

La ambulancia llegó poco después y lo condujeron al hospital. Por suerte, efectivamente, la cadera no había sufrido ningún daño, así que le curaron las dos heridas que se había hecho en la ceja y lo mandaron a casa.

A la mañana siguiente, tenía un ojo morado, pero era el mismo de siempre.

—No hace falta —le dijo a Emily cuando ésta le sugirió que había que llamar a Niko para contarle lo que había sucedido.

—Tiene derecho a saberlo —insistió Emily dejándole un breve mensaje en el contestador.

Niko no lo escuchó hasta tres días después y se presentó en casa de su padre cuando Emily y Pavlos estaban terminando de comer.

—Muy bonito —comentó mirando el ojo de su padre que, para entonces, había adquirido un tono verdoso–. ¿Te está gustando esto de maltratar a tu cuerpo, padre?

–A veces se producen accidentes –contestó su padre–. Tú eres buena prueba de ello.

Emily hizo una mueca de disgusto ante la terrible crueldad de aquella contestación, pero se dio cuenta de que Pavlos estaba herido porque su hijo no había ido antes a verlo.

–Cada uno tenemos nuestra cruz, padre –se burló Niko–. La tuya es igual de pesada que la mía.

–No me llames padre –le espetó Pavlos–. Cualquier perro de la calle es más hijo mío que tú.

Emily se había prometido a sí misma que no iba a volver a inmiscuirse en las discusiones de aquellos dos hombres, pero la dureza de las palabras que estaba oyendo pudo con ella.

–¿Cómo podéis aguantar esto? –los increpó.

–Muy fácil. No viéndonos demasiado –contestó Niko–. Hola, Emily. ¿Qué tal estás?

–Muy bien, pero no se puede decir lo mismo de tu padre. Claro que eso a ti te debe de dar igual porque has tardado tres días en venir a verlo –contestó Emily.

–No intentes que se muestre como una persona decente porque no lo vas a conseguir –intervino Pavlos–. Niko no es una persona decente.

Su hijo lo miró con desdén.

–Yo tengo un trabajo en el que tengo que viajar, no como tú que te pasas todo el día sentado mientras los demás hacen las cosas por ti –le espetó–. He estado fuera. He vuelto esta mañana.

–¿Otra vez jugando a salvar el mundo? –se burló Pavlos.

–¡Vete al infierno! –exclamó Niko.

Emily miró a uno y a otro. Al padre que, con su pelo canoso y su mirada penetrante, tenía los huesos tan frágiles que su enfermera no entendía cómo no se le había roto nada con la última caída, y al hijo, un Adonis moderno, alto, fuerte e indomable. Ambos eran muy orgullosos, tanto que hubieran preferido andar sobre brasas que admitir que se querían.

–¿Para qué malgastáis saliva mandándoos el uno al otro al infierno si ya estáis los dos allí? –les preguntó.

Y, dicho aquello, se fue. Si aquellos dos estaban decididos a despellejarse mutuamente, ella estaba decidida a no presenciarlo.

Así que salió al jardín, dio la vuelta por la terraza y se dirigió a la vivienda que había detrás de los garajes, donde vivía Theo, el jardinero viudo, y su hijo Mihalis. Al llegar, encontró a su perro tumbado en el porche. Se trataba de un animal grande y bueno que, cuando vio acercarse a Emily, le hizo sitio para que se sentara a su lado y le puso la cabeza en el regazo.

Así la encontró Niko unos minutos después.

–¿Hay sitio para mí? –le preguntó.

–No –contestó Emily–. Prefiero compañía civilizada y tú no lo eres.

–¿Y el perro sí?

–Claro que sí.

Niko se metió las manos en los bolsillos traseros del pantalón y se quedó mirándola.

–Quiero que sepas, Emily, que no me hace ninguna gracia estar continuamente discutiendo con mi padre.

–Entonces, ¿por qué no dejas de hacerlo?

–¿Y qué quieres que haga, que me quede callado mientras él me insulta?

–Por ejemplo.

–Lo siento mucho, *karthula,* pero eso está fuera de mis posibilidades. No soy un hombre sumiso y no he venido para seguir hablando de mi padre.

–¿A qué has venido entonces?

–A invitarte a cenar de nuevo.

–¿Para qué? ¿Para que me dejes plantada delante de tu padre otra vez como el otro día?

Niko se hizo un hueco y se sentó en el último trozo de escalón al sol que quedaba.

–¿Me creerías si te dijera que es porque quiero estar contigo continuamente?

–¿Por qué? ¿Acaso porque me culpas del accidente de tu padre?

–¡Pues claro que no!

–Tal vez fuera culpa mía. Se supone que estoy aquí para cuidarlo. Es un milagro que no se haya hecho nada.

–Llámalo como quieras, pero la realidad es que no ha sido para tanto. Por cierto, yo ya lo sabía. Me enteré a las pocas horas del accidente.

–¿Cómo es posible si tú mismo acabas de decir que has vuelto de viaje esta mañana?

–Por mucho que te sorprenda, Emily, tengo corazón. Cuando estoy fuera, mantengo contacto regular con Georgios o con Damaris. Ellos me mantienen al tanto de todo lo que ocurre y, por lo que me han dicho, tengo muy claro que eres una buena profesional y que cuidas bien a mi padre. Por lo que cuentan, te has ganado la santidad para cuando mueras lo que, dicho de paso, espero que sea dentro de mucho tiempo.

–¿Y por qué no se lo has dicho? ¿Por qué no le has dicho a tu padre que habías llamado a su casa para ver qué tal estaba?

–¿Para qué? Creo que ha dejado muy claro que no le interesa.

–A lo mejor te sorprendía.

–La única que me sorprende eres tú, Emily, y te confieso que no sé si me está gustando demasiado la experiencia. Ya tengo suficientes problemas...

–¿Te has encontrado con problemas durante el viaje? –le preguntó Emily mirándolo de reojo.

–Es lo normal teniendo en cuenta que me dedico a resolver problemas. Siempre y cuando sean de otras personas, claro –contestó Niko–. Hace tiempo que aprendí que para ser eficiente en lo que hago tengo que separar mi trabajo de mi vida privada, que procuro que discurra sin complicaciones. Sin embargo, tú te has convertido en una gran complicación, Emily –le explicó tomándola de la mano.

–No te entiendo.

–Ya supongo. Eso es parte del problema.

–Pues explícamelo.

–No puedo –contestó Niko–. Ésa es la otra parte del problema.

Emily suspiró exasperada y se soltó.

–No me gustan las adivinanzas, Niko, y no pareces especialmente contento de mantener una relación conmigo, así que creo que lo mejor será dejar las cosas claras. No quiero salir a cenar contigo.

–Mentirosa –contestó Niko acercándose y pasándole una mano por la nuca.

A continuación, le rozó el lóbulo de la oreja con la punta de la lengua. La última vez que un hombre le había hecho aquello, Emily había tenido que hacer un gran esfuerzo para no estremecerse de asco.

Sin embargo, con Niko todo era diferente.

¿Qué tenía aquel hombre que sus caricias y sus miradas le hacían desear más y más?

–El hecho de que me haya prestado a tus jueguecitos no quiere decir que sea una mentirosa –insistió Emily casi paralizada por las sensaciones que estaba percibiendo en algunas partes de su anatomía.

–En cualquier caso, me es muy difícil resistirme a ti.

–Entonces, supongo que hemos llegado a un impasse.

Niko se quedó mirándola lánguidamente, como si estuviera intentando dar con una solución que solamente él pudiera alcanzar.

A continuación, se encogió de hombros y se puso en pie.

–Sí, supongo que tienes razón.

–¡Vete con viento fresco! –murmuró Emily disimulando su decepción–. A lo mejor otras mujeres se mueren por estar contigo, pero yo no soy tan débil.

Emily se repitió aquello una y otra vez durante el resto de la tarde para vencer la tentación de llamar a Niko por teléfono para decirle que había cambiado de parecer y que quería salir a cenar con él.

Para no ceder en el último momento, se fue a dar un largo paseo por la playa y cenó en una taberna. Cuando volvió, estuvo una hora jugando al ajedrez con Pavlos y, luego, poniendo la excusa de que le dolía la cabeza, se retiró a sus aposentos.

Había anochecido hacía tiempo. Emily cerró la

puerta de su suite y sintió una mezcla de alivio y de placer. Damaris le había abierto la cama y le había dejado la chimenea encendida para combatir el frío de mediados de octubre. Las llamas bailaban en el hogar, lanzaban reflejos rojizos sobre los muebles antiguos y el agradable olor de la madera de olivo quemada inundaba la estancia.

Emily pensó que, definitivamente, había tomado una buena decisión, se quitó el jersey y lo dejó sobre la cama y se quitó también los zapatos. Aunque la atracción que había entre Niko y ella era innegable, no debería ignorar su intuición femenina que, desde el principio, le había indicado que, si se dejaba llevar por la atracción que sentía por él, iba a sufrir.

Lo mejor que podía hacer era apartarse de aquel hombre que no tenía nada que ver con su mundo y que no le iba a acarrear más que sufrimiento. Niko le había dejado muy claro que lo único que le interesaba de ella era el sexo. ¿Y qué otra cosa podía esperar? Niko no tenía sitio en su vida para una relación seria y, aunque las cosas hubieran sido diferentes, el futuro de Emily estaba en la otra punta del mundo.

Ésa era la verdad y tenía que aceptarla.

Emily se dirigió al baño y llenó la bañera, terminó de desnudarse, se recogió el pelo y encendió una vela. Mientras se metía en el agua caliente y dejaba que los chorros de agua a presión masajearan su cuerpo, se dijo que prefería estar sola que mal acompañada.

Cuando la vela se consumió completamente, salió de la bañera y se secó, se puso crema hidratante por todo el cuerpo y un camisón limpio. Completamente relajada, volvió al dormitorio.

Una vez allí, se sorprendió al ver que el fuego ardía con más fuerza que cuando lo había dejado, como si alguien hubiera metido más leña... ese alguien era Niko, que estaba sentado en una butaca, mirándola.

–Ya estaba empezando a pensar que te habías ahogado –comentó.

Horrorizada porque el camisón que llevaba apenas le cubría por encima de la mitad del muslo, Emily tiró del dobladillo hacia abajo, lo que fue un gran error porque, cuando soltó la tela, ésta por efecto de la fuerza que había ejercido se subió todavía más... revelando más partes de su anatomía.

–¡No mires! –exclamó muy nerviosa.

–Como quieras –contestó Niko apartando la mirada obedientemente.

–¿Cómo has entrado?

–Por la puerta. Me pareció el camino más lógico.

Si hubiera sido una persona cabal, Emily habría empleado el mismo sarcasmo para indicarle que se fuera por el lógico camino por el que había llegado, pero pudo más la curiosidad.

–¿Por qué?

–Porque creo que te debo una explicación. ¡Otra vez!

–No me debes nada, Niko –contestó Emily intentando mantener la compostura a pesar del deseo que aquel hombre le inspiraba–. Y me gustaría que salieras de mi habitación.

–Ya que estoy aquí, no me pienso ir sin decirte lo que he venido a decirte.

–Ya hemos pasado por esto antes y no nos ha llevado a ninguna parte.

–Emily, por favor.

Emily suspiró resignada.

—Pues date prisa, que me quiero ir a la cama.

Niko le miró las piernas desnudas.

—¿Te importaría ponerte algo más tapadito? Soy humano y no puedo dejar de mirarte.

Enfadada consigo misma por su reacción ante aquellas palabras, Emily volvió al baño y se puso el albornoz.

—¿Por qué no te sientas aquí? —le preguntó Niko.

—No, gracias —contestó Emily—. No creo que tardemos mucho.

Niko se había convencido a sí mismo de que aquello iba a ser fácil. Lo único que tenía que hacer era reiterar su reserva inicial, explicarle que ya no desconfiaba de ella y que, por tanto, los motivos que lo llevaban a querer salir con ella eran sinceros, pero, al verla prácticamente desnuda con aquel camisón, se le habían borrado las palabras del cerebro y lo único que podía pensar era en acariciarla, en arrodillarse ante ella y deslizar su boca entre aquellos rizos rubios y suaves que había vislumbrado brevemente.

—Estoy esperando, Niko —le recordó Emily.

—Quiero que volvamos a empezar —contestó Niko.

—No sé si te entiendo.

Niko tragó saliva y buscó las palabras adecuadas.

—Hemos empezado mal, Emily. Eres la enfermera de mi padre y yo soy su hijo...

—Eso sigue igual. Yo sigo siendo su enfermera y tú sigues siendo su hijo.

¿Cómo decir lo que tenía que decir? ¿Cómo decir «he estado fingiendo no creer que tu único interés en mi padre fuera económico y, por eso, decidí seducirte, pero ahora realmente sé que me equivoqué»?

No creía que Emily fuera a entenderlo. De ser la situación al revés, él no sé lo tomaría muy bien.

–Sí, eso sigue igual, pero hay algo que ha cambiado.

–¿De qué se trata?

Niko tomó aire profundamente y se lanzó.

–Digamos que estoy cansado de jugar –contestó–. No me interesa utilizarte para ganar puntos con mi padre, no me interesa utilizarte por ninguna razón. Quiero salir contigo porque me gustas, no para fastidiarlo. Una vez dicho esto, lo único que me queda por saber es si tú quieres lo mismo o si he malinterpretado las señales y la atracción que creo que existe entre nosotros. ¿Han sido todo imaginaciones mías?

–No, no han sido imaginaciones tuyas –contestó Emily–, pero no entiendo que quieras salir conmigo cuando esta misma tarde me has dicho que soy una complicación.

–Es que a veces soy demasiado cerebral y me da por analizar demasiado las cosas. A veces me ha venido bien e incluso me ha salvado la vida, pero creo que en esta ocasión me he pasado.

Emily se quedó mirándolo. Era evidente que estaba sopesando sus palabras.

–A lo mejor estás en lo cierto, a lo mejor te has dado cuenta de que iniciar una relación conmigo no te lleva a ninguna parte. No tiene futuro.

–Estoy acostumbrado a no contar con el futuro. A mí lo único que me importa es el aquí y el ahora.

Dicho aquello, dio un paso hacia ella y, luego, otro y otro hasta que estuvo tan cerca que percibió el olor de su piel. Emily se había recogido el pelo, pero se le habían escapado algunos mechones. El albornoz le quedaba por lo menos dos tallas grande y se le abría en el escote, dejando al descubierto la parte alta de sus senos.

Las ganas que tenía de besarla y de tocarla eran tan fuertes que casi le nublaban la razón.

—¿Qué me dices, Emily? ¿Me das una oportunidad? —le preguntó con voz grave.

Capítulo 6

LA PERSISTENTE voz de la prudencia le advirtió que no se dejara engañar porque lo único que Niko le estaba ofreciendo era el placer del momento, nada más. Claro que, ¿qué había ganado posponiendo todas sus esperanzas para un mañana mejor? El título de enfermera, la hipoteca de su casa, un coche de segunda mano y una relación corta y decepcionante con un estudiante de Medicina.

Incluso su círculo de amigas había cambiado ya que muchas de ellas se habían casado y habían tenido hijos y, aunque no las había perdido de vista por completo, sus intereses ya no eran los mismos. Mientras que ella seguía pendiente del trabajo y de las pacientes, ellas se preocupaban de sus maridos y de las tomas de medianoche.

—¿Emily? —insistió Niko.

¿Por qué esperar a un futuro mejor cuando el hombre que encarnaba todas sus fantasías le estaba ofreciendo la oportunidad de hacerlas realidad?

—¿Por qué no dejas de hablar y me besas de una vez? —murmuró dejándose llevar por el corazón en lugar de por la cabeza.

Niko se acercó, le tomó el rostro entre las manos y la besó en los párpados, en los pómulos y en la mandíbula y, por fin, mientras Emily temblaba de anticipación, se apoderó de su boca. Y, en aquella ocasión, no lo hizo con calculada delicadeza sino de manera desesperada y ardiente.

Por primera vez en su vida, Emily se dejó llevar completamente por el deseo, por la necesidad de satisfacerlo. Sin ser muy consciente de lo que estaba haciendo, le pasó los brazos por la cintura y se apretó contra él para sentir su erección.

De alguna manera, el albornoz se abrió y Niko comenzó a tocarla con dedos expertos, dejando una estela de lava ardiente desde sus clavículas pasando por sus senos, pero Emily quería más y se lo hizo saber colocándose de manera que uno de sus pezones diera en la palma de Niko, rogándole que no parara.

Sin embargo, Niko se paró.

–Aquí, no –declaró–. En casa de mi padre, no.

–No me puedo ir –contestó Emily–. ¿Y si me necesita y no estoy?

–Emily, el que te necesita soy yo.

Emily se quitó el camisón con decisión, tomó las manos de Niko entre las suyas y se las puso sin ninguna vergüenza entre sus piernas.

–¿Te crees que yo no te necesito a ti?

Niko inhaló profundamente y su manos se posaron en el cuerpo de Emily. Cuando sintió sus dedos expertos, una sensación electrizante la recorrió de pies a cabeza y Emily jadeó y tuvo que apoyarse en él.

Niko la condujo hacia la cama, la tumbó boca arriba y comenzó a tocarla de nuevo, acariciando la perla que había entre sus piernas, aquel lugar que marcaba la división entre la mente racional y el éxtasis y, cuando Emily estaba a punto de alcanzar el clímax, se tragó sus gritos de placer con un beso apasionado y siguió acariciándola hasta que los espasmos que hacían ondularse su cuerpo se fueron apagando.

Ambos permanecieron un rato sin moverse.
–Quédate –le rogó Emily.
–No puedo.
–¿Acaso no me deseas?
–Te deseo tanto que me voy a morir, pero no quiero que la sombra de mi padre planee sobre nosotros.
–Entonces, ¿cómo... cuándo..?
–Dile que te tomas el fin de semana libre. Iremos a algún sitio donde podamos estar completamente a solas.
–¿Y si no le parece bien?
–No eres de su propiedad, *karthula*... ¿o sí?
–Por supuesto que no, pero tu padre es mi paciente y me paga para que lo cuide y no está tan bien como te quiere hacer creer. Esperar que Georgios sea responsable de él sería poco profesional y negligente por mi parte.
–Sólo tienes que llamar a una agencia de enfermeras privadas para que te busquen una sustituta. Estamos hablando de, como mucho, tres días. Seguro que se puede arreglar sin ti ese tiempo.
–Supongo que sí –contestó Emily dubitativa, sabiendo que iba a tener que discutir con Pavlos para tener el fin de semana libre.
–A lo mejor te estoy pidiendo demasiado... –aventuró Niko apretando los dientes.
–¡Claro que no!
–¿Estás segura?
–Sí –contestó Emily apretando los labios y asintiendo.
Llevaba más de tres semanas en Grecia y no había dejado de trabajar ni un solo momento. Tenía derecho a descansar un poco. No era nada raro que pidiera tres días de descanso.

—Algo se me ocurrirá, te lo prometo.
—Llámame cuando lo tengas todo preparado —se despidió Niko besándola en la boca.

Durante los siguientes dos días, Emily pasó de la euforia al horror al recordar cómo se había ofrecido a Niko.

¿Cómo iba a volver a mirarlo a la cara? Pero su deseo podía más que la vergüenza y, contraviniendo las objeciones de Pavlos, se tomó el fin de semana libre.

—Biquini y crema de sol —le dijo Niko cuando lo llamó para decirle que podrían irse el viernes por la tarde a las seis.

Así que el jueves por la tarde, mientras Pavlos se echaba la siesta, Emily salió de compras porque la ropa que se había llevado a Grecia era demasiado seria. Cuando había hecho la maleta en Vancouver, no la había hecho para irse de vacaciones sino para trabajar y, en su profesión, eso quería decir pantalones de algodón fáciles de planchar, camisas túnica y zapatos bajos y muy cómodos.

Ni por asomo se le había ocurrido meter en la maleta nada sexy para pasar un fin de semana romántico con el hombre más guapo del mundo.

Aquella noche, después de la cena, dejó sobre la cama lo que se había comprado y metió en la maleta los preciosos conjuntos de lencería, el camisón de raso, las sandalias y el caftán de seda así como champú, cepillo de dientes, maquillaje y otras cosas de aseo personal imprescindibles para estar guapa para él.

Aunque Pavlos había accedido a que viniera otra enfermera, le había dicho que lo hacía porque no le quedaba más remedio y, para que le quedara claro, la ignoró durante todo el viernes por la mañana y no le habló en toda la tarde.

No le había preguntado adónde iba ni con quién, pero era evidente que sabía que su hijo estaba involucrado de alguna manera, así que, como la otra enfermera ya había llegado y ya había empezado su turno, Emily salió de la casa poco antes de las seis para que no hubiera ninguna confrontación entre padre e hijo.

A las seis en punto, vio aparecer su coche.

—Lo has conseguido —le dijo Niko pasándole el brazo por los hombros y besándola en la mejilla.

—¿Te creías que me iba a echar atrás? —contestó Emily.

—Digamos que no me hubiera sorprendido demasiado que mi padre se hubiera tirado al suelo soltando espuma por la boca para que no te fueras —comentó Niko—. El hecho de que estés esperándome aquí fuera confirma que tú también te temías algún numerito parecido.

—¿Si admito que se me ha pasado por la cabeza me prometes que no volveremos a hablar de tu padre en todo el fin de semana?

—Encantado —contestó Niko metiendo la maleta de Emily en el maletero y abriéndole la puerta del copiloto—. Adelante, Emily, quiero que estemos en marcha antes de que anochezca.

Emily pronto descubrió que, «ponerse en marcha» no quería decir tomar un avión como ella había esperado sino montarse en un yate de quince metros de eslora que los esperaba en el puerto de Glyfada, a veinticinco minutos en coche de Vouliagmeni.

Niko le dijo que aquel barco, ligero, elegante y de casco azul marino, se llamaba Alcyone y era suyo. El yate estaba hecho para navegar a vela, pero, como no había viento en aquellos momentos, tuvieron que llegar a motor a las islas Fleves, situadas junto a la península ática.

Fue una travesía corta, pero a Emily se le hizo mágica porque vio salir la luna sobre el mar, lo que le hizo maravillarse con su luz plateada. También estaba maravillada con Niko. Cuando llegaron y echaron el ancla, Niko se perdió escaleras abajo tras indicarle que no se moviera del sitio y volvió con una botella de champán y dos copas.

–Me encantaría bañarte en champán –comentó entregándole una.

–No hace falta. Estoy bien así, feliz de estar aquí contigo –le aseguró Emily.

–Por nosotros, *karthula* –brindó Niko.

–No es la primera vez que me llamas eso. ¿Qué significa? –quiso saber Emily mientras las burbujas le hacían cosquillas en la lengua.

–Significa cariño –contestó Niko enarcando una ceja–. ¿Te parece mal?

–No –contestó Emily estremeciéndose de placer.

–¿Quieres que entremos? –le preguntó Niko creyendo que tenía frío.

–No, prefiero que nos quedemos aquí –contestó Emily tímidamente.

–¿Qué te pasa, Emily? ¿Te arrepientes de haber accedido a pasar el fin de semana conmigo?

–No exactamente, pero estoy un poco... incómoda.

Niko se quedó mirándola fijamente.

–¿Estás incómoda por estar aquí conmigo hoy o por lo de la otra noche?

Emily se sonrojó de pies a cabeza.

–¿Tenemos que hablar de lo de la otra noche?
–Por lo visto, sí.

Emily comenzó a juguetear con su copa. Mientras le daba vueltas sin parar, se dio cuenta de que a ojos de Niko su conducta debía de convertirla en una ninfómana desesperada.

¿Qué le había pasado para comportarse de aquella manera? Profesionalmente, era la enfermera Tyler, eficaz, cualificada y siempre con todo controlado. Socialmente, era una buena amiga, afable, en la que se podía confiar y, de nuevo, que lo tenía siempre controlado.

Era una mujer que no se metía en relaciones poco serias, que no rogaba a los hombres que le hicieran el amor y que, desde luego, no los invitaba descaradamente a que exploraran las zonas más íntimas de su cuerpo.

Y, sin embargo, eso era exactamente lo que había hecho con Niko, lo que le había conducido a donde estaba en aquellos momentos porque lo cierto era que, por mucha vergüenza que le diera, no podía vivir sin él y eso significaba que tenía que afrontar lo que había ocurrido entre ellos.

–Quiero que sepas que me fue muy difícil irme el otro día –comentó Niko adivinando la causa de la incomodidad de Emily–. No te voy a decir que no estoy como loco por retomar las cosas donde las dejamos, pero sólo si tú quieres lo mismo. Lo vamos a hacer a tu ritmo, Emily.

Emily miró a su alrededor, la noche de luna llena, la silueta de la isla que tenían a su izquierda, escuchó el silencio únicamente roto por las lengüetazos que el mar le daba al casco del barco y, por fin, se atrevió a mirar a Niko.

–Es lo que yo quiero también –admitió–. Lo que pasa es que estoy un poco nerviosa. Todo esto es muy nuevo para mí, Niko.

De repente, Niko dio un respingo.

–¿No serás virgen?

–No –contestó Emily atragantándose con el champán–. Cuando he dicho que todo esto es nuevo para mí, me refería al barco, al glamour y a este sitio tan exótico. En cualquier caso, ¿qué más da que sea virgen o no?

–Da mucho. Hay mucha diferencia, Emily. Si voy a ser tu primer amante, quiero saberlo –contestó Niko–. ¿Y bien?

–No, no soy virgen –insistió Emily sonrojándose de nuevo.

–Tranquila, yo tampoco –se rió Niko.

–Sólo me he acostado con un hombre y no fue exactamente... un gran éxito. Aunque el otro día a lo mejor te di otra impresión, todo esto no se me da muy bien.

–Comprendo –contestó Niko intentando no reírse de nuevo–. Bueno, ahora que ya te has quedado más tranquila, ¿qué te parece si cenamos y dejamos que lo otro ocurra cuando tenga que ocurrir?

–Me gustaría pasar al baño primero –contestó Emily.

En realidad, le hubiera gustado tirarse por la borda.

–Muy bien –contestó–. Mientras tú vas al baño, yo voy a preparar todo lo demás. Encontrarás nuestro equipaje en el camarote de popa, que tiene baño propio.

Sí, baño propio y cama de matrimonio propia también. Emily sintió un cosquilleo en la entrepierna. ¿Y si no estaba a la altura de las circunstancias? Nerviosa, abrió la maleta y se dirigió al baño. ¿Era posible quedar peor que la primera vez? ¿Se estaba comportando como una loca o había encontrado por fin al hombre por el que merecía la pena arriesgarse?

Cuando volvió, percibió el aroma del orégano y del tomillo. Niko había puesto una música embriagadora y luces suaves. Sobre la mesa había un mantel azul marino con servilletas a juego, una cristalería preciosa y una vajilla de loza blanca la estaban esperando. Sobre la mesa, había una cesta de pan y un frasco con aceitunas, trozos de tomate, pepino y queso feta en aceite de oliva.

Niko estaba colocando en los platos el conejo asado con berenjenas y pimientos sobre un lecho de arroz.

—No es nada del otro mundo —se disculpó llevando los platos a la mesa—. Solamente algo sencillo y simple. Un picnic sencillo y simple.

—A mí no me parece ni sencillo y simple —contestó Emily pensando en los picnic con vasos, platos y cubiertos de plástico a los que iba normalmente.

—Confieso que no lo he preparado yo. Lo he comprado en una taberna. Yo sólo lo he calentado. No se me da muy bien cocinar —confesó Niko.

A continuación, llevó el pan y la ensalada a la mesa, sirvió más champán y brindó con ella de nuevo.

—Por nosotros otra vez, *karthula*. Come antes de que se quede frío.

La comida estaba deliciosa, la conversación fue fluida y los ayudó a irse conociendo. A los dos les gustaba leer y podían vivir perfectamente sin televisión. A Niko le encantaba bucear, sobre todo en

Egipto mientras que Emily lo máximo que había hecho había sido esnorquel y siempre cerca de la orilla.

Él había visto lugares del mundo que los turistas no visitaban jamás mientras que ella prefería destinos archiconocidos como otras zonas de Canadá, Hawái o las Islas Vírgenes británicas.

Cuando terminaron de cenar, Emily lo ayudó a recoger la mesa, secó los platos que él fregó y se maravilló de lo que le gustaba aquella intimidad.

Un hombre, una mujer, un hogar...

Las diez dieron paso a las once y Niko le sugirió que se terminaran el champán en cubierta. Para entonces, la luna estaba muy alta y bañaba todo el barco con su luz plateada. Niko sacó una manta de un armario y los envolvió a ambos.

—Cuando estoy de viaje, sueño con lugares como éste —comentó pasándole el brazo por los hombros—. Eso me ayuda a no perder la cabeza.

—¿Por qué elegiste un trabajo así? ¿Por la adrenalina? ¿Por el peligro?

—En parte, sí. Eso de pasarme jornadas enteras sentado en un despacho contando millones nunca me atrajo demasiado. Mira que mi padre lo intentó, pero no hubo manera. Para él, el dinero lo es todo, el dinero compra a todo el mundo. El hecho de que mi madre me dejara una pequeña fortuna fue un terrible revés para él porque no podía controlarme.

—Pero seguro que hay otras razones que te llevaron a elegir tu trabajo.

Niko se revolvió incómodo.

—Sí, hay otra razón —admitió—. No lo sabe casi nadie, pero te lo voy a contar. Utilizar el dinero que me dejó mi madre para ayudar a personas necesitadas me ayuda a tener la conciencia tranquila por haberla matado.

—Niko, su muerte no fue culpa tuya. Eres un hombre muy inteligente, no deberías castigarte de esa manera. Aunque tu padre te haya dicho eso...

—Creía que no íbamos a hablar de mi padre.

—Has sido tú el que lo ha mencionado.

—Bueno, pues me gustaría que no habláramos de él. Prefiero que hablemos de tus padres. Me dijiste que se mataron en un accidente de coche, ¿verdad? ¿Y cómo es que tú no recibiste ningún dinero? Normalmente, en esos casos, sobre todo cuando hay menores que han quedado huérfanos, las aseguradoras suelen verse obligadas a soltar sumas importantes.

—En mi caso, no fue así.

—¿Por qué demonios no fue así?

Emily cerró los ojos como si eso la fuera a ayudar a digerir los hechos, pero no fue así.

—El accidente fue culpa de mi padre. Conducía borracho y a mucha velocidad. Por desgracia, mi madre y él no fueron las únicas víctimas. Murieron otras cuatro personas por su culpa y otras dos resultaron heridas de gravedad. Debido a las indemnizaciones que hubo que pagar, lo único que me quedó fueron los efectos personales de mi madre y una pequeña póliza que me hizo cuando nací. Ya sabes en lo que me gasté ese dinero.

—¿Y no tenían acciones ni ningún dinero invertido? ¿Ninguna propiedad?

—No, vivíamos en una suite muy elegante de un hotel buenísimo de la bahía de Vancouver. Para ellos, era el lugar perfecto para hacer fiestas.

Niko murmuró algo en voz baja y Emily comprendió que estaba maldiciendo en griego.

—Así que tenían dinero para fiestas, pero no para asegurarle el dinero a su única hija.

–Era una pareja que vivía el momento. Para ellos, cada día era una aventura y el dinero era para gastar. ¿Y por qué no? A mi padre le había ido muy bien en la Bolsa.
–Una pena que no supiera guardar una parte de ese dinero que había ganado para ti en lugar de gastárselo todo en él.
–Tanto él como mi madre me adoraban –los defendió Emily–. Siempre me hicieron sentir querida y deseada. Tuve una infancia feliz llena de amor y risas. Eso no tiene precio.
–Tus padres no eran más que niños mimados que jugaban a ser adultos –opinó Niko.
–¡Cállate! –gritó Emily furiosa.
No sabía que le dolía más: que criticara tan abiertamente a su familia o que tuviera razón.
Dicho aquello, apartó la manta y se puso en pie. Niko la siguió y la rodeó con sus brazos.
–Escúchame.
–No, ya has dicho suficiente.
–Te quiero pedir perdón.
–No me interesan tus disculpas.
–La verdad es que no soy la persona más indicada para opinar sobre la vida de los demás –se disculpó Niko de todas maneras–. ¿Me perdonas?
Emily hubiera preferido tener fuerzas para decirle que no, para terminar aquello cuanto antes porque la voz de su conciencia le advertía de nuevo que había demasiadas diferencias entre ellos. A Niko no le importaba la familia en absoluto, no creía en el amor y no le interesaban ni el matrimonio ni el compromiso.
Sin embargo, Emily sabía que muchos hombres habían dicho exactamente lo mismo hasta que había aparecido la mujer adecuada y, entonces, habían

cambiado de parecer. ¿Por qué no podía ser ella la mujer que hiciera cambiar a Niko Leonidas?

–Emily, por favor, di algo. Soy consciente de que te he hecho enfadar y te pido perdón. Por favor, no me des la espalda.

–Estoy enfadada –admitió Emily con tristeza–. Estoy enfadada porque no tienes derecho a quitarme la ilusión y estoy dolida porque es exactamente lo que has hecho –añadió girándose hacia él con lágrimas en los ojos–. Llevo dieciocho años ignorando la verdad sobre mis padres porque quería preservarlos perfectos en mis recuerdos. Ahora, gracias a ti, ya no podré seguir haciéndolo.

Niko volvió a maldecir, la tomó de la nuca y Emily se apoyó en su hombro y lloró amargamente, lloró por sus sueños perdidos y por la crueldad y la injusticia de la vida.

–Deja que te ame, ángel –murmuró Niko besándola por el pelo–. Deja que te ame como mereces ser amada.

Emily necesitaba a aquel hombre, así que elevó el rostro y asintiendo se rindió.

Capítulo 7

LO TÍPICO del hombre que agarra a la mujer en brazos y la lleva a la cama era imposible de hacer en un velero. Emily era una mujer delgada, pero no había espacio para los dos, así que Niko tuvo que contentarse con precederla y guiarla para bajar los cuatro escalones desde la cubierta, lo que no resultó muy aparatoso dado que Emily no era una mujer muy alta, un metro sesenta más o menos, y que debía de andar por los cincuenta kilos de peso.

Niko estaba deseoso de recorrer aquel cuerpo con sus manos y con su boca. Desgraciadamente, para cuando llegaron al camarote, Emily había palidecido completamente, temblaba e hiperventilaba. Quizás otros hombres hubieran pensado que todo aquello era síntoma del deseo, pero Niko había visto muchos refugiados en zona de guerra y sabía lo que era el miedo.

Aunque Emily había accedido a que le hiciera el amor, ahora que había llegado el momento era evidente que estaba asustada. Eso quería decir que, por mucho que él la deseara tenía que controlarse porque Niko Leonidas no era hombre de satisfacerse a expensas de una mujer que no estuviera completamente convencida.

Así que encendió la luz y puso música. Cuando uno de los nocturnos de Chopin se apoderó de la noche, le indicó a Emily que se sentara a su lado al borde de la cama y le secó las lágrimas.

—Eres increíblemente bonita —le dijo.

Emily se rió nerviosa.

—No creo que en estos momentos esté muy bien. Nunca he sabido llorar de manera elegante, pero gracias de todas maneras. La mayoría de los hombres no pueden soportar que las mujeres lloremos.

—Yo no soy como esos hombres —contestó Niko pasándole los dedos por el pelo—. Y tú no eres como la mayoría de las mujeres —añadió rozándole el labio con la yema del dedo pulgar.

A continuación, la besó en la boca. Emily cerró los ojos y suspiró. Al hacerlo, sintió que la tensión se evaporaba y que se relajaba completamente. Aun así, Niko le dio tiempo, no tuvo prisa, la agarró de la nuca suavemente y volvió a besarla.

Emily sabía a vino y a inocencia y Niko esperó a que el sutil sabor del deseo pesara en la mezcla para profundizar el beso.

Poco a poco, Emily se fue calentando, comenzó a deslizar las manos bajo el suéter de Niko y a acariciarle el torso desnudo con seguridad. Poco a poco, fue murmurando, emitiendo ruegos inarticulados y Niko comprendió que el miedo había desaparecido y que estaba preparada.

Estaba tan excitada como él.

Haciendo un gran esfuerzo, Niko la desnudó lentamente, le quitó los zapatos y los calcetines y el pantalón de deporte para encontrarse sorprendido con un conjunto de lencería color melocotón de una delicadeza tal que no podía ocultar los pezones sonrosados.

Aquel conjunto de encaje se ajustaba el cuerpo de Emily de manera tan maravillosa que Niko tuvo que apartar la mirada para no provocar un incidente. A continuación, tuvo que bajarse la braguleta del pantalón y liberarse de la prenda. Luego volaron también el jersey y los calzoncillos.

—¿Te has enfadado? ¿He hecho algo mal? —le preguntó Emily malinterpretando el repentino cambio de ritmo.

—Tú eres la enfermera —contestó Niko—. ¿A ti te parece que has hecho algo mal? —añadió indicándole su erección.

Emily miró y se sonrojó.

Si el cerebro de Niko no hubiera estado completamente concentrado en satisfacer su ardor sexual, le habría dicho lo encantadora que le parecía su candor, pero estaba al borde y quería tener todavía energía para satisfacerla a ella, así que la llevó hacia la cama.

Rezando para que la erección le durara, le desabrochó el sujetador y le bajó las braguitas. Cuando, por fin, la tuvo desnuda y tumbada ante él sus ojos se dieron el festín de admirarla y se maravilló ante su perfección rubia, su delicada asimetría y, sobre todo, ante el impactante brillo de sus ojos.

A continuación, sus manos y su boca dibujaron todas y cada una de aquellas curvas haciendo que Emily se ondulase sobre el colchón ofreciéndose sin reservas. A medida que Niko iba encontrando los puntos más sensibles de su cuerpo, Emily se aferraba a sus hombros y arqueaba la espalda. Niko la condujo hacia un orgasmo sin igual que la dejó convertida en un charco de cera caliente.

Aquella respuesta lo satisfizo enormemente y lo excitó todavía más. Había llegado su momento. Ambos lo sabían, así que Emily deslizó la mano y lo tocó. Suspirando, fue recorriendo con reverencia su erección y Niko sintió que no lo estaba tocando sólo físicamente sino que se estaba adentrando en lugares que normalmente permanecían cerrados a otros seres humanos.

Aquella mujer le estaba tocando el alma.

Aquella mujer le estaba tocando el corazón.

Aquello le hizo ver que se estaba adentrando en terreno peligroso. Y, de repente, ya no pudo más. Sólo quería poseerla y ser poseído. Como si Emily lo hubiera sentido así también, se colocó de manera que pudo abrazarlo con las piernas de la cintura para guiarlo entre sus preciosos muslos.

Aquel gesto tan atrevido por su parte hizo que Niko se inflamara sobremanera, toda la sangre de su cuerpo se concentró en la entrepierna, sentía la humedad de Emily y tuvo el tiempo justo para recuperar la cordura durante un momento y colocarse un preservativo.

Una vez tomada aquella precaución, se introdujo en su cuerpo.

Emily elevó la cadera para darle la bienvenida y se dejó llevar por su ritmo, absorbiendo sus embestidas. Emily estaba caliente, húmeda y prieta. Irresistible, en una palabra. Niko se sentía prisionero de su cuerpo. Sentía que los músculos de Emily se contraían alrededor de su erección, oía sus jadeos y sus gritos, sentía sus uñas en la espalda y, de repente, una oleada de placer lo recorrió de pies a cabeza dejándolo sin fuerzas, liberándolo de toda carga, impulsándolo hacia las nubes.

Cuando volvió de allí, se apartó para no aplastar a Emily con su peso. Sentía la respiración entrecortada y el corazón acelerado. Mirándola a los ojos, se dio cuenta de que no tenía nada que ver con la mujer que había llegado hacía media hora a aquel camarote, temblando y nerviosa.

—Estabas muy nerviosa, ¿verdad? –le preguntó.
—Todavía lo estoy –contestó Emily.
—Si estás nerviosa porque temes no haber estado a la altura de las circunstancias, te aseguro que a mí me ha encantado.
—No es por eso –contestó Emily–. Es porque antes de hacer el amor contigo me daba miedo de que me gustaras demasiado y ahora sé que, efectivamente, me gustas demasiado.

Aquello hizo que a Niko le diera un vuelco el corazón, pues no estaba acostumbrado a tanta sinceridad por parte de las mujeres con quienes se acostaba.

—¿Es malo que te guste? –le preguntó.
—No, no es necesariamente malo –contestó ella–. Sabía que hacer el amor contigo iba a ser arriesgado, pero no sabía hasta qué punto.

A Niko le hubiera gustado decirle que si no se quería asustar era mejor que no pensara en lo que acababa de suceder entre ellos en términos de hacer el amor sino, más bien, como sexo del bueno, como las demás mujeres con las que se acostaba, pero Emily estaba tan radiante que no se atrevió a desilusionarla.

Aquello significaba que la estaba protegiendo, que aquella mujer sacaba de él una ternura que a Niko le parecía inaceptable y que, realmente, le daba mucho miedo.

—Tranquilo, Niko, no soy tan ingenua como para pensar que este fin de semana es el preludio de una relación seria y larga. No espero que me pidas que me case contigo ni que me regales un anillo.

«¿Por qué no?».

Niko tuvo que morderse la lengua para no verbalizar aquella pregunta tan repentina que había aparecido en su cerebro sin ninguna razón en especial.

—Aunque quisiera ofrecerte cualquiera de las dos cosas, no podría —le dijo cuando se recuperó—. Mi trabajo no me permite comprometerme de esa manera. Dudo mucho que ninguna mujer quisiera tener por marido a un hombre que se pasa más tiempo fuera que dentro de casa.

—Tienes razón. La verdad es que ninguno de nosotros puede asumir algo más que una aventura informal. Lo que pasa es que no se me dan muy bien las cosas informales.

—No pasa nada porque te guste la persona con la que te estás acostando, Emily. Quiero que te quede claro que tú a mí me gustas mucho. De no haber sido así, no te habría invitado.

Emily sonrió reprimiendo un bostezo.

—Me alegro —contestó—. Dormiré mucho mejor sabiendo esto. Por cierto, me voy a lavar los dientes —añadió poniéndose en pie y desapareciendo.

Niko se dijo que él también tenía que ocuparse de ciertas cosas antes de poder dormir, así que se levantó y fue a asegurarse de que el ancla estaba bien echada. Cuando volvió un cuarto de hora después, encontró a Emily tumbada de lado y profundamente dormida.

Mejor así.

Aquella mujer le hacía olvidar las normas que Niko se había impuesto a sí mismo hacía mucho tiempo, aquellas normas que tenían que ver con darles a las personas que rescataba, huérfanos, viudas y ancianos, todo de sí mismo porque no formaban parte de su vida personal, aquellas normas que tenían que ver con mantener las distancias con todas las demás personas con las que se relacionaba el resto del tiempo.

Aunque no la estaba tocando, estaba tumbado tan cerca de ella que Emily sentía el calor que irradiaba su cuerpo. Era consciente de que, si se giraba, si realizaba el más mínimo gesto, Niko la tomaría entre sus brazos y volverían a hacer el amor.

Y no podía permitírselo.

Estaba aterrorizada por el poder que aquel hombre tenía sobre ella, estaba aterrorizada ante la posibilidad de que de su boca salieran aquellas dos palabras que pondrían fin a aquella supuesta aventura.

Por mucho que Niko le gustara, seguro que no le gustaría oírle decir que lo quería. Tampoco era que lo quisiera. De hecho, Emily sabía que no lo quería. Era imposible. Cualquiera con dos dedos de frente sabía que una cosa era sexo y otra, amor.

Emily recordó lo que en una ocasión le había oído decir a una compañera del hospital que estaba muy enfadada.

«Todos los hombres quieren acostarse contigo y lo consiguen haciéndote creer que eres lo más importante para ellos hasta que al día siguiente o la semana siguiente, cuando se han fijado en otra mujer, te abandonan y tú te sientes como una imbécil. Y a ti sólo te queda hacer como que te da igual y no volverlos a ver o renunciar al sexo y punto».

Excepto aquella ocasión en la que se había acostado con el residente de tercer año que tenía un ego del tamaño de un rascacielos, Emily había optado por la segunda opción. No estaba dispuesta a arriesgar el respeto que sentía por sí misma ni su reputación por pasar una noche con un hombre. De hecho, había decidido que para volverse a entregar a un hombre quería un compromiso serio por delante.

Claro que eso había sido antes de conocer a Niko Leonidas.

Emily se obligó a no moverse hasta que percibió, por la respiración, que Niko se había dormido. Pasaron unos segundos que se fueron convirtiendo en minutos. El silencio era total. Emily movió un pie y deslizó una mano bajo la almohada con mucho cuidado. Esperó por si Niko daba muestras de estar completamente despierto, como ella, pero no fue así. Convencida de que realmente estaba dormido, dejó de fingir, abrió los ojos y admitió a la luna la terrible verdad.

Estaba enamorada de él.

Llevaba días enamorada de él.

Había cometido la gran locura de entregarlo todo a cambio de una simple aventura y ahora estaba pagando el precio.

La dolorosa enormidad de lo que había hecho la descompuso, las lágrimas comenzaron a bañarle las mejillas y los sollozos comenzaron a agitar su cuerpo.

De repente, volvió a ser una niña con el corazón repleto de amor y sin nadie a quien entregárselo. Quería que Niko la mirara como su padre solía mirar a su madre, como si fuera la criatura más bonita y fascinante sobre la faz de la tierra, quería conocer la magia, la pasión y la complicidad que sus padres habían compartido.

Y quería que fuera con Niko.

En resumen: quería lo que él no podía darle.

–¿Emily? ¿Estás dormida? –le preguntó el protagonista de sus pensamientos de repente.

–No –murmuró Emily–, pero creía que tú sí.

A continuación, Emily sintió su mano sobre la cadera.

—No, no estoy dormido —le dijo Niko con voz grave—. Más bien, pensando en ti y... deseándote de nuevo —añadió levantándole el camisón por encima de la cintura y deslizando una mano entre sus piernas—. ¿Emily?

Cualquier mujer que hubiera sabido protegerse, le habría apartado la mano y no le hubiera hecho caso, pero Emily Anne Tyler no fue capaz de hacerlo. No, se derritió ante su caricia, se giró hacia él y separó las piernas suavemente para que Niko se diera cuenta de que estaba más que preparada para acomodarlo de nuevo en su interior.

«¿Por qué no?», le dijo una vocecilla al fondo del cerebro.

Llegados a aquel punto, no tenía nada que perder y sí muchos recuerdos que ganar.

Niko la besó en el cuello, le dijo al oído palabras seductoras y se tumbó sobre ella para penetrarla muy lentamente mientras Emily pensaba que parecía que Dios había diseñado sus cuerpos para que encajaran el uno con el otro a la perfección.

En aquella ocasión, Niko le hizo el amor muy lentamente. Emily se sintió transportada al reino del placer absoluto. Niko disfrutó verdaderamente viendo cómo llegaba al orgasmo. Cuando le tocó el turno a él, ella también lo observó encantada, observó cómo apretaba las mandíbulas, cómo emitía un grito gutural y cómo se rendía ante lo inevitable.

Aquella sinceridad la desmadejó y se encontró llorando de nuevo.

—¿Qué te pasa? ¿Te he hecho daño? —le preguntó Niko alarmado—. ¿Qué es, *mana mou?*

—No –contestó Emily–. Ha sido precioso –añadió.
Sabía que no podía confesar la verdad.

—Sí, ha sido precioso –contestó Niko estrechándola entre sus brazos–. Y la próxima vez también lo será.

Emily se durmió reconfortada por aquella promesa, escuchando el latido de su corazón y acunada por el mar.

A la mañana siguiente, se despertaron casi a las nueve. Tras disfrutar de un sencillo desayuno a base de fruta con yogur, se tomaron un café en cubierta. Aunque hacía tiempo que el intenso calor del verano había desaparecido, hacía muy bueno.

—Dentro de unas horas, estarás tomando el sol en biquini –comentó Niko pasándole el brazo por los hombros.

—Es maravilloso poder estar así en octubre –contestó Emily cerrando los ojos y suspirando.

—¿Te alegras de haber venido conmigo?

—Por supuesto que sí. Esto es precioso.

A Niko no le convenció demasiado la respuesta. Era evidente que a Emily le preocupaba algo.

—¿Seguro?

—Claro que sí –contestó Emily apresurándose a cambiar de tema–. ¿Estará muy fría el agua o podremos bañarnos?

—Ya veremos luego. Ahora es un poco temprano.

—¿Temprano? –se rió Emily–. Por favor, Niko, que son más de las diez. ¿Te levantas siempre tan tarde?

—Solamente cuando salgo a navegar. Es el único momento que tengo para romper con la rutina diaria

—contestó Niko sin añadir que el peligro constante inherente a su trabajo y los riesgos que conllevaba le acarreaban un estrés bastante fuerte.

Aquella parte de su vida se quedaba en el puerto cuando salía a navegar.

—¿Me estás diciendo que estás un poco quemado? Te entiendo perfectamente. Ésa fue una de las razones por las que le dijera tu padre que sí cuando me propuso venir a cuidarlo a Grecia. Necesitaba cambiar de aires.

—¿Y la otra razón?

Emily se mordió el labio inferior.

—Mientras estuvo hospitalizado, le tomé mucho cariño. En cierta manera, nuestra relación era la de padre e hija y no quería separarme de él.

—Querrás decir, abuelo y nieta.

—Cuando no tienes familia, no eres tan puntillosa.

Un mes atrás, a Niko le hubieran saltado todo tipo de alarmas ante un comentario así, pero ahora lo tomó con naturalidad.

—Todavía echas de menos a tus padres, ¿verdad?

—Sí, mucho.

—Y yo no hice más que empeorarlo anoche con mis comentarios —se lamentó—. No hice sino manchar los recuerdos que tienes de ellos.

—Nadie es perfecto, ni siquiera nuestros padres. Por mucho que los idealices, no son perfectos. A veces, pienso que es mejor que murieran jóvenes y juntos. No les habría gustado envejecer y quedarse solo uno de los dos. Yo no podría haber suplido el lugar del otro si sólo se hubiera matado uno de los ellos en el accidente.

La sinceridad de aquella mujer lo cautivaba.

—Aunque no fueran perfectos hicieron algo perfecto en la vida: tú. Estoy seguro de que te querían mucho.

—Sí, me querían mucho, pero... nunca me necesitaron —contestó Emily oteando el horizonte—. Por eso decidí hacerme enfermera, para sentirme necesitada. Tú no tienes esa necesidad, ¿verdad?

Aquella pregunta lo sorprendió.

—¿Cómo que no? ¿Por qué crees que arriesgo la vida constantemente?

—Lo haces por gente a la que no conoces de nada y que nunca entrará en tu vida personal. No quieres que nadie entre ahí. No hay más que ver la relación que tienes con tu padre para darse cuenta.

Emily tenía razón y Niko no lo iba a negar.

—Preferiría no hablar de él, Emily.

—Perdón —se disculpó Emily.

—¿Qué te parece si desembarcamos y damos una vuelta? —propuso Niko.

—Genial —contestó Emily con prontitud—. Voy por la cámara de fotos.

Su alivio era palpable. Niko se preguntó si porque ella tampoco quería que la figura de su padre se interpusiera entre ellos o porque quería distanciarse de él.

Fuera por lo que fuese, no debería haberle importado.

Pero le importaba.

Capítulo 8

EMILY decidió que aquello de desembarcar y dar una vuelta había sido una sugerencia maravillosa porque, aunque el yate era bastante grande, cuando la conversación se ponía incómoda no sabía dónde ir.

Y la conversación se había puesto incómoda, precisamente, por su culpa cuando había comentado aquello de que quería sentirse necesitada. Unos minutos más y los sentimientos que albergaba por Niko, aquellos sentimientos que tan desesperadamente se afanaba en ocultar, habrían salido a la luz.

Escondida detrás de su cámara de fotos tuvo oportunidad de recuperar la compostura. Tomó fotografías de plantas preciosas que ofrecían todo su esplendor antes de retirarse a descansar para el invierno. Geranios silvestres y llamativas amapolas, margaritas y gerberas lilas y blancas. También fotografió el barco, descansando plácidamente sobre el agua de la bahía y, cuando él no se daba cuenta, también fotografió a Niko, inmortalizando su maravillosa sonrisa, su perfil cincelado y sus pestañas a media asta cuando oteaba el horizonte.

Emily se sintió bien en la isla, más libre, con la sensación de que allí podía respirar sin tener que preocuparse de mantener la guardia alta. Sabía que, de ser necesario, podía poner distancia física entre Niko y ella. El mismo hecho de saber que era posible la llevó a no sentir aquella necesidad.

Al sentir que su estado de ánimo había cambiado, Niko se atrevió a bromear.

–Si no llevaras una cámara de fotos colgada de la muñeca, no sé lo que te haría –dijo tomándola de la mano cuando Emily se acercó al agua y lo salpicó.

–¿Pues sabes lo que te digo? Que me ha encantado –contestó Emily riéndose y salpicándolo de nuevo.

De repente, Niko se puso muy serio.

–Me gustaría que nos fuéramos juntos durante un mes entero y no sólo un fin de semana –comentó–. Me hace mucho bien estar contigo, Emily. Me recuerdas que en la vida no todo es trabajo. Me encuentro feliz cuando estoy contigo.

Emily sintió que el corazón le daba un vuelco. ¿Acaso él también se estaría enamorando de ella? ¿Y por qué no? ¿No era ella la que les decía constantemente a sus pacientes y a sus familias que jamás perdieran la esperanza? ¿Acaso no había visto muchas veces que los milagros ocurren? ¿Por qué no se iba a producir uno con ella?

–Si me sigues mirando así, no respondo de mis actos –ronroneó Niko–. Te advierto que esta playa no es el mejor lugar para seducirte y, además, no me he traído ningún preservativo.

Emily elevó la mirada y lo miró coqueta, flirteando con él sin ninguna vergüenza.

–¿Y por qué no volvemos al yate?

Niko la miró con intensidad.

–A ver quién llega antes a la orilla.

Emily descubrió que hacer el amor por la tarde era diferente. Los rayos del sol entraban por la ventana que había sobre la cama y el reflejo del mar bailaba en el techo, lo que confería al momento de intimidad una apertura que, el principio, la avergonzó porque no dejaba ningún lugar en el que esconderse.

Niko pronto le hizo comprender que la luz no hacía sino ensalzar su belleza y se lo demostró recorriendo con deleite su cuerpo de arriba abajo, desde las plantas de los pies hasta la coronilla. Encontró la minúscula cicatriz que tenía en la nalga y que se había hecho de pequeña al caerse sobre un vaso roto en la playa y se la besó como si se la acabara de hacer.

Prestó atención a cada centímetro de su cuerpo, a veces con las manos y a veces con los labios y con la lengua, parándose de vez en cuando para preguntarle en voz baja si le gustaba lo que le estaba haciendo.

Emily nunca había tenido más conciencia de sí misma como mujer que en aquellos momentos. Niko la hacía temblar de anticipación, hacía que sintiera el cuerpo electrificado, la hacía gemir y gritar de placer.

Antes de estar con él, jamás había tenido un orgasmo. Estando con él, llegaba al orgasmo tan rápida e intensamente que no le daba apenas tiempo de recuperarse entre uno y otro.

Sus caricias la hacían elevarse, tenía la sensación de volar entre las nubes y Niko era consciente de ello porque no dejaba de observarla, sabía el momento exacto en el que llevarla hasta el límite y hacerla llegar a aquel lugar glorioso que Emily deseaba no abandonar jamás.

Transcurrido un rato así, cuando Emily estaba convencida de que estaba exhausta de placer y de que no podría moverse y, mucho menos, volver a tener un orgasmo, se zambulló en su cuerpo y le demostró que no era así. Dejándose llevar por su ritmo urgente, Emily lo siguió de nuevo hasta el clímax.

Más o menos a las dos de la tarde, hicieron una macedonia de fruta y queso y se la comieron a la sombra en cubierta, tomaron algo de vino mientras charlaban sobre Niko e, inevitablemente, Pavlos volvió a salir en la conversación.

–¿Fue cruel contigo? –le preguntó Emily cuando Niko habló brevemente de su infancia infeliz.

–Siempre tuve de todo... ropa, juguetes, profesores particulares. Mi padre podía darme todo lo que yo necesitaba. Me mandó al internado más prestigioso de Europa. Bueno, me mandó a varios porque me echaron de unos cuantos.

–¿Y por qué os lleváis mal?

–Porque mi padre no entiende que ser padre es algo más, mucho más, que comprar cosas, es mucho más que algo material.

–Él no tiene ni idea de que tú necesitas que te quiera.

–Mi padre no entiende de amor, sólo de poder. Para él, el dinero y el poder son la misma cosa. Eso también nos separa porque, para mí, el dinero es el medio para conseguir el fin. Sé que, si un día me viera sin dinero, sabría inventar la manera de volver a tenerlo, pero jamás dejaré que el dinero gobierne mi vida como gobierna la de mi padre.

–¿Por qué crees que le gusta tanto?

–Probablemente porque creció siendo pobre. Mi padre era hijo de una doncella y del hijo de un millonario que la abandonó cuando se enteró de que estaba embarazada. Si le preguntas qué quería ser de mayor cuando era pequeño, te garantizo que te dirá que quería ser uno de los hombres más ricos de Grecia para poder elegir a sus amistades, a sus socios e incluso a su esposa.

–Y lo ha conseguido.

–Sí, pero les llevó muchos años. Se casó con mi madre a los treinta y un años, que en aquel entonces era bastante tarde. Ella tenía apenas veinte y era la única hija de uno de sus mayores rivales.

–¿Por eso se casó con ella? ¿Para vencer a su padre?

–No, estaba realmente enamorado de ella. Eso lo sé.

–Es una pena que no sea capaz de verte como el regalo que ella le hizo.

–Soy demasiado rebelde, no quiero seguir el camino que él emprendió, siempre he querido hacer lo que me dé la gana con mi vida y siempre he pasado por encima de cualquier persona que haya intentado obstaculizarme el camino.

Era la primera vez que le hablaba con tanta franqueza y Emily estaba dispuesta a seguir escuchando encantada.

–Supongo que tu padre querría que fueras a la universidad.

–Sí, insistió en que estudiara empresariales para pasar a formar parte de su imperio, pero yo decidí hacer el servicio militar en aviación y no pudo hacer nada para impedírmelo. Después de eso, me fui un año a Inglaterra con un piloto de Naciones Unidas que me enseñó todo lo que sabía de misiones humanitarias. Cuando volví, ya había cumplido veintiún años y tenía acceso a la herencia de mi madre, así que abrí mi propia empresa.

—Y, como dicen, el resto es historia...

Niko se puso en pie y sonrió.

—¿Nos damos un baño? —le propuso.

Emily se dio cuenta de que ya no quería contarle nada más de su vida privada y decidió no insistir.

—¿Tú crees que el agua estará buena?

—Sólo hay una manera de descubrirlo, Emily —contestó tomándola de las manos y poniéndole en pie—. ¿Vienes por voluntad propia o te voy a tener que tirar?

—Espera un momento que me ponga el biquini.

—¿Para qué? —se rió Niko quitándose la camiseta y los pantalones cortos y acercándose a la borda en su gloriosa desnudez—. Es maravilloso bañarse desnudo.

Emily sonrió encantada y se desnudó también, lo que le valió una sonrisa lasciva por parte de su acompañante.

—No sabía yo que las enfermeras fuerais tan atrevidas —bromeó Niko—. Se te ha puesto rojo hasta el trasero.

Emily lo empujó al agua y, a continuación, se tiró de cabeza rápidamente. Al principio, el agua le resultó muy fría, pero tras dar un par de brazadas comprobó que estaba deliciosamente refrescante.

Tumbada bocarriba con la melena flotando en el agua y el cielo despejado sobre ella, Emily decidió que aquello era como estar en el paraíso.

—Pareces una sirena —le dijo Niko apareciendo a su lado de repente—. Una sirena preciosa.

Él parecía un dios de los mares, un Neptuno moderno.

Emily se fijó en sus hombros fuertes y bronceados, en su sonrisa brillante y en sus larguísimas pestañas que enmarcaban sus preciosos ojos verdes.

No era de extrañar que se hubiera enamorado de él.

¿Qué mujer en su sano juicio podría resistirse a Niko Leonidas?

Tras el baño, subieron de nuevo a bordo y se tumbaron en cubierta para dejar que el sol lamiera su piel y los calentara. Niko había nadado bastante y se encontraba felizmente cansado, así que se limitó a tumbarse junto a Emily y a disfrutar de su cercanía. No hablaron ni se movieron, se limitaron a mirarse a los ojos y a sonreír encantados.

Niko se preguntó si se estaría enamorando de ella.

No, no podía ser.

Imposible.

Debía de ser el cansancio o el sol porque Niko no estaba dispuesto a admitir que aquello tuviera nada que ver con su corazón.

Si era tan imposible, ¿por qué de repente sentía una furia irracional contra el hombre al que Emily le había entregado su virginidad?

–¿En qué piensas? –murmuró Emily con los ojos entrecerrados.

Niko sintió que la bilis le subía por la garganta.

–Te tengo que confesar una cosa –contestó–. Más de una cosa, la verdad.

–¿Ah, sí? –contestó Emily enarcando una ceja.

–Para empezar, que estoy celoso de mi predecesor.

–¿A qué te refieres? –le pregunto Emily visiblemente confusa.

–Me refiero a que estoy celoso del hombre con el que te acostaste antes de conocerme a mí.

—Ya —contestó Emily incorporándose, flexionando el codo y apoyando la cabeza en la mano—. ¿Debería sentirme halagada?

—No lo sé. Es la primera vez que me encuentro en una situación así.

Y ése era, verdaderamente, el problema. Antes de conocerla, para Niko, el sexo no llevaba a nada, era algo sin ataduras. Jamás había mentido a sus parejas, jamás les había hecho promesas, jamás había sido cruel. Por supuesto, a veces, ellas habían sufrido porque habían querido algo más y él no había podido dárselo.

Sin embargo, con Emily las cosas eran diferentes. Su plan inicial se había torcido irremediablemente y Niko se encontraba en peligro de querer darle a aquella mujer mucho más de lo que podía permitirse.

—Y eso te tiene confuso, ¿verdad? —le pregunto Emily.

—Sí, la verdad es que prefiero cumplir las normas.

—¿Qué normas?

—Las que yo mismo me he impuesto.

—¿Y te las estás saltando conmigo?

—Sí —confesó Niko—. Cuando empecé a salir contigo, mi única intención era desenmascararte.

—¿Desenmascararme?

Niko percibió la decepción en la voz de Emily y deseó haber mantenido la boca cerrada, pero no quería andarse con mentiras con aquella mujer y, además, ahora que había empezado ya no podía parar.

—Sí, quería distraerte y alejarte de mi padre. Es muy fácil engañar a los viejos, así que decidí salvarle... de ti... poniéndome entre vosotros con la certeza de que preferirías a un hombre joven a un viejo enfermo.

Emily desvió la mirada y tragó saliva.

–Entonces, ¿me has invitado a pasar el fin de semana contigo para demostrar algo?

–No, ése es el problema. Está ocurriendo algo entre tú y yo, estoy sintiendo cosas que jamás he sentido. Intenté hablarte de esto el otro día, pero no pude.

Emily decidió no seguir escuchando y se puso en pie como un animal herido desesperado por apartarse de su depredador.

Niko se apresuró a ponerse en pie también y a tomarla entre sus brazos, pero Emily se zafó y le dio un derechazo en la mandíbula.

–¡Suéltame! ¡No vuelvas a tocarme jamás! –gritó.

–Emily, no entiendes, ahora todo es diferente –le contestó Niko.

–Sí, claro, claro que es diferente –contestó Emily sollozando–. Ahora veo cómo eres en realidad.

–Emily, he cometido un error.

–¿Y por eso decidiste regalarme este fin de semana, para que tuviera algo bonito que recordar? Debe de haber sido terrible para ti tener que fingir que querías acostarte conmigo.

–¡No he fingido en ningún momento! Sabes perfectamente que los hombres no podemos fingir.

–Habrás estado pensando en otra.

–Claro que no. Si estoy contigo, estoy contigo –le aseguró Niko sinceramente.

–Y yo creyendo que habíamos dejado atrás aquella idea ridícula de que yo era una cazafortunas que andaba detrás de tu padre moribundo –le espetó Emily.

Había dejado de llorar y se había convertido en una mujer fría como el hielo.

–Y así es –le aseguró Niko–. Eres una mujer preciosa, tanto por dentro como por fuera.

–En estos momentos no me siento precisamente preciosa sino estúpida y patética porque me he enamorado de ti.

–Entonces, estamos igual. Somos iguales de estúpidos y de patéticos porque yo también me he enamorado de ti y no sé qué hacer.

–Pues yo te lo voy a decir. Olvídate de mí porque yo me voy a olvidar de ti.

Emily comprendió por la cara que puso Niko que aquélla no era la respuesta que se esperaba.

–¿Por qué?

El daño estaba hecho y nada de lo que Niko hiciera o dijera podría arreglarlo.

–Porque no hay futuro para nosotros –declaró Emily mirándolo a los ojos–. ¿Verdad que no?

–No sé lo que pasará mañana, Emily, lo único que tenemos es el presente. ¿No es suficiente?

¿Le estaba ofreciendo la gloria temporal a cambio de la tristeza eterna? ¡No! Ya estaba sufriendo suficiente y no quería prolongar lo inevitable.

–No –contestó Emily–. Mucho antes de conocerte ya había decidido que las relaciones sin futuro son una pérdida de tiempo.

–Podría hacer que cambiaras de parecer si me lo permitieras.

Emily no dudaba de ello. Tenía que alejarse de aquel hombre cuanto antes. La estaba besando los párpados, el pelo y la garganta, le estaba acariciando los antebrazos y la espalda con una ternura maravillosa, la estaba intentando convencer con caricias y Emily sentía que su resistencia se estaba disolviendo.

—Me quiero ir —declaró—. Quiero volver.

—Sí, mañana —murmuró Niko.

—Ahora mismo.

—No... por favor, Emily —insistió Niko tomándola en brazos—. Dame una noche más —añadió besándola.

—No puedo —contestó Emily asustada.

—¿Por qué no? Dime por qué no cuando sé que me deseas tanto como yo te deseo a ti.

Emily se estremeció.

—Dime tú a mí por qué me siento inexplicablemente atraída por un hombre que no es mi tipo en absoluto.

—¿Y cuál es tu tipo de hombre?

—Quiero un hombre al que amar no le dé miedo, quiero un hombre que sea feliz en un trabajo de nueve a cinco y que pague la hipoteca —contestó sinceramente—. Quiero un hombre normal y corriente que no necesite estar constantemente en peligro para encontrarle sentido a la vida.

—Tienes razón. Definitivamente, no soy tu tipo —contestó Niko atrayéndola hacia sí para que percibiera su erección.

Y Emily sintió que, a pesar de sus palabras, sus cuerpos se encontraban y el suyo se abría para albergar al de Niko. Quería olvidar que la había engañado y la había utilizado. En aquellos momentos sólo importaba el placer.

El deseo insaciable fue adquiriendo cotas insuperables y Emily olvidó su dignidad y se tumbó sobre los cojines de cubierta. Niko se tumbó sobre ella y comenzó a penetrarla de manera fuerte y demandante.

Perfectamente acoplados, se miraron a los ojos en el instante preciso. No hicieron falta palabras, ninguno de los dos quería justificar una decisión que iba en contra de todo lo que habían dicho.

Se habían encontrado porque así tenía que ser. Así de sencillo.

Capítulo 9

AL CABO de un rato, Emily comentó que quería ir a arreglarse y Niko decidió que no le vendría mal afeitarse y ducharse.

—Tenemos todo el tiempo del mundo —le dijo—. Nos podemos tomar un vino mientras vemos salir la luna y, luego, cenaremos cuando nos apetezca.

Así que Emily se tomó todo el tiempo que le apeteció para darse un baño y lavarse el pelo. Tras secarse, se dio aceite de sésamo por todo el cuerpo y se puso la túnica de seda que se había llevado.

Niko le había dicho que estaba enamorado de ella, pero Emily tenía la sensación de que lo había dicho por cumplir y que a la mañana siguiente habría cambiado de parecer. Convencida de que su relación terminaría aquella noche, estaba decidida a que fuera una noche memorable para ambos.

Y así iba a ser, pero no por los motivos que ella imaginaba. Cuando volvió a cubierta y vio que Niko no se había afeitado y que no había ni rastro del vino que había comentado, se dio cuenta de que pasaba algo.

—¿Qué ocurre? ¿Le ha pasado algo a tu padre? —le preguntó nerviosa.

—Me acaba de llamar mi director de operaciones. Hemos perdido contacto con uno de nuestros pilotos en el norte de África —contestó Niko muy preocupado–. Se suponía que tendría que haber ido a buscar a un herido a un campamento de la Cruz Roja, pero no ha llegado.

–¿Y qué puedes hacer tú?

Niko la miró como si se hubiera vuelto loca.

–Ir a buscarlo. ¿Te crees que me voy a quedar aquí sentado tan tranquilo mientras uno de mis pilotos está perdido en el desierto?

–No, claro que no –contestó Emily tragando saliva ante su brusquedad–. ¿Te puedo ayudar en algo?

–Para empezar, abrígate. Se ha levantado brisa y va a hacer frío mientras volvemos –contestó Niko–. Emily, sé que estás disgustada. Yo, también –añadió más suavemente–. No era ésta la idea que yo tenía para esta noche, pero las cosas han cambiado y la vida de un hombre podría estar en peligro.

–Lo entiendo perfectamente –contestó Emily–. ¿Será arriesgado para ti ir a buscarlo? –preguntó preocupada.

–Puede que sí, pero mi trabajo es así. Te acostumbras.

Emily se dio cuenta de repente de que Niko ya estaba acostumbrado a ese peligro, le gustaba lo que hacía y estaba dispuesto a arriesgar la vida.

–¿Y cómo vas a saber por dónde empezar a buscarlo?

–Los aviones tienen un dispositivo de localización que indica el punto exacto en el que están. Si lo tiene conectado, no tendré problema. De no ser así, conozco bien la zona.

–¿Y si no lo encuentras?

–Imposible –contestó Niko–. Sólo tiene veintitrés años, es el mayor de cuatro hermanos y su madre es viuda, así que debo encontrarlo y devolvérselo sano y salvo a su familia.

—¿Pero y si...?

—Nada de «y sis...» —contestó Niko besándola para silenciarla—. No es la primera vez que hago esto y no será la última. Estaré de vuelta antes de lo que crees. Como muy tarde, mañana por la noche. Ahora, nos tenemos que ir porque he de prepararlo todo para despegar a primera hora de la mañana.

¿Y adónde iría? ¿A alguna región olvidada? ¿A alguna zona del mundo donde la vida humana no valía nada?

—Entonces, voy a recoger mis cosas —contestó Emily dándose la vuelta para que Niko no viera la tristeza de sus ojos.

—Supongo que mi padre estará encantado de que vuelvas antes de lo previsto.

—Supongo.

Niko se acercó y le pasó los brazos por la cintura desde atrás.

—¿Te he dicho lo guapa que estás, Emily?

Tal vez, por fuera estuviera bonita, pero por dentro se estaba muriendo.

La enfermera que se había quedado sustituyéndola se puso tan contenta de verla aparecer que prácticamente abandonó la mansión antes de que a Emily le diera tiempo de volver a instalarse.

—¡Es un hombre imposible! —exclamó indignada—. ¡Por mí, como si se muere! ¡Me da igual! ¡Por favor, no vuelva a llamarme! —añadió.

—Buenas noches —contestó Emily mientras la otra mujer se iba dando un portazo.

Pavlos no escondió su agrado al verla a la mañana siguiente.

—No te llevó mucho recuperar la cordura, ¿eh, pequeña? —le dijo.

—Compórtate por una vez —le espetó Emily—. No estoy de humor para tus tretas.

—Así que fue peor de lo que esperabas, ¿eh? Ya te lo decía yo...

—Para que lo sepas, lo he pasado de maravilla —contestó Emily—. Tuvimos que volver antes de lo previsto porque Niko ha tenido que salir a buscar a un joven piloto que se ha perdido en El Sahara.

Pavlos palideció, pero intentó ocultar su preocupación.

—¡Está loco! ¡Le estaría bien empleado que le pasara algo!

—Voy a hacer como que no he oído eso.

—¿Por qué? Ignorar los hechos no los hace desaparecer. Mi hijo va a cualquier sitio donde haya peligro. Cualquiera de estos días lo va a abandonar la suerte.

Emily pasó todo el día muy preocupada por aquellas palabras. Los minutos se alargaban eternamente, pero la mañana dio paso a la tarde y la tarde, por fin, a la noche. Cada vez que sonaba el teléfono, el corazón le daba un vuelco y cada vez se entristecía más porque no era Niko.

—Será mejor que te vayas acostumbrando a esto si tienes pensado seguir a su lado —le aconsejó Pavlos durante la cena.

—¿Como has tenido que hacer tú a la fuerza? Haces como si no te importara, pero estás muy preocupado. Tanto como yo.

—Claro que no, yo no estoy preocupado —contestó

Pavlos sin ninguna convicción–. ¿Y dónde dices que ha ido? –añadió mirando el reloj por enésima vez.

–Al norte de África... al desierto... no lo sé exactamente.

–Mmm –suspiró Pavlos tamborileando con los dedos sobre la mesa–. Es una zona muy grande para un solo piloto.

Emily cerró los ojos y sintió que el miedo se apoderaba de ella.

–Vete a la cama, Emily –le indicó Pavlos con sorprendente dulzura–. Yo me voy a quedar despierto y te avisaré si me entero de algo.

–No estoy cansada. Tú deberías descansar sin embargo.

Pero ninguno de los dos se movió. Pasadas las once de la noche, volvió a sonar el teléfono y Emily contestó con manos temblorosas.

–¿Niko?

–¿Quién iba a ser?

–Tú –contestó Emily emocionada–. Es que se ha hecho tan tarde y como no llamabas...

–Te dije que estaría hoy de vuelta y aquí estoy –contestó Niko–. Tienes que confiar en mí.

–¿Dónde estás? –le preguntó Emily aliviada, apretándole la mano a Pavlos.

–En el despacho –contestó Niko–. En cuanto haya terminado el informe, me voy para casa.

–¿Y el otro piloto?

–Se le quemó el panel de control y se quedó sin sistema de comunicaciones, así que tuvo que realizar un aterrizaje de emergencia en una pista abandonada de la Segunda Guerra Mundial. Hay cientos de ellas por El Sahara. Estaba a unos doscientos kilómetros del punto de la Cruz Roja al que tenía que haber llegado, pero pudo activar el dispositivo de localización y lo encontré.

–¿Y está bien?

–Está bien, sí. El avión ha quedado destrozado, pero, en cuanto lo recogí, fuimos a la base de la Cruz Roja a recoger al herido, que ya está en un hospital.

–Debes de estar agotado.

–Sí, hoy tengo que dormir bien. ¿Nos vemos mañana?

–Por supuesto –contestó Emily–. Te he echado de menos.

–Yo también, *karthula* –contestó Niko–. Me encantaría verte ahora mismo, pero...

–Ni lo pienses. Vete ahora mismo a casa y duerme.

–Sí, buenas noches, Emily. *Kali nikhta*.

–*Kali nikhta,* Niko.

Durante los siguientes días, Emily tuvo motivos más que suficientes para ser muy feliz.

Aunque Pavlos no quería ni oír hablar de la posibilidad de prescindir de sus servicios, lo cierto era que se estaba recuperando muy bien y que ya no la necesitaba tanto. Además, había aceptado que su enfermera y su hijo salían juntos y le daba los fines de semana libres.

Así que Emily vivía para aquellos dos maravillosos días que compartía con Niko en su espacioso ático de Kolonaki. El salón, el comedor y la habitación de invitados de aquella casa daban a una enorme terraza. La vivienda contaba también con una pequeña biblioteca y con una moderna cocina. En la planta de arriba, había una suite espectacular, decorada de manera minimalista y elegante. No había fotografías ni objetos personales, pero sí una gran colección de libros y de música que a Emily le dio muchas pistas sobre los gustos de Niko y le indicaron que era un hombre al que le gustaba mucho estar solo.

Niko hacía todo lo que podía para que Emily estuviera a gusto mientras estuvieran juntos, para que pareciera que eran exactamente igual que cualquier pareja de enamorados. Siempre que su actividad se lo permitió, salieron de excursión al campo, pasearon en moto y en coche, salieron a caminar, hicieron picnics y navegaron por la costa.

A veces, se acercaban en coche a comer a pequeños pueblos y allí degustaban la gastronomía típica en tabernas normales y corrientes llenas de barricas de vino. En otras ocasiones, cenaron en los mejores restaurantes de Atenas, fueron a bailar a las discotecas de moda e hicieron el amor apasionadamente en su enorme cama.

Cuando Niko no tenía más remedio que ausentarse, lo que sucedía a menudo, le mandaba flores al amanecer. A cambio, Emily intentaba no ponerse nerviosa mientras estaba fuera, pero lo cierto era que los nervios no la dejaban en paz hasta que no volvía. No podía dormir, se pasaba las noches dando vueltas por la casa y no quería comer a causa de los nervios que le atenazaban del estómago.

Pavlos siempre se daba cuenta y no perdía oportunidad para recordarle que estaba cometiendo el peor error de su vida.

Emily aguantó todo aquello porque la alternativa que le quedaba, y que se le hacía insoportable, era poner fin a su relación con Niko.

En una ocasión, Niko recordó que se había dejado el teléfono móvil en la oficina y le propuso que lo acompañara para enseñarle el pequeño aeródromo que hacía las veces de base de operaciones. Las oficinas eran muy sencillas y sólo tenían cuatro estancias, pero contaban con los mejores equipos electrónicos del momento.

Emily se quedó anonadada al ver los aviones, que se le antojaron de lo más endebles.

–¿Utilizáis esos aviones para atravesar el mar? –preguntó horrorizada.

Niko se rió.

–¿Cómo quieres que vayamos si no? ¿En globos aeroestáticos? –se burló Niko mirándola por encima de sus gafas de piloto.

–No, pero parecen muy pequeños y... pasados de moda.

–¿Pasados de moda?

–Sí, lo digo por esas hélices que tienen...

–Gracias a esas hélices pueden despegar y mantenerse en el aire.

–Ya, pero podríais utilizar aviones de motor. Seguro que son más rápidos.

–Sí, son más rápidos, pero no son tan versátiles y gastan mucho más combustible. Además, estos pueden aterrizar y despegar prácticamente en cualquier lugar –le explicó Niko–. ¿Quieres que te lo demuestre?

–No, gracias –se apresuró a contestar Emily.

Cuando se iban, se encontraron con Dinos Melettis, el segundo de a bordo de Niko.

–¿Por qué no os venís a cenar a casa esta noche? –los invitó–. No tenemos nada planificado hasta el fin de semana, así que es una buena noche para relajarse y cenar con amigos y Toula está deseando conocer a la mujer que ocupa tu vida –añadió–. Toula es mi mujer –le explicó a Emily.

Así que Niko y Emily aceptaron encantados y disfrutaron de una velada maravillosa.

–Es la primera vez que Niko trae a su novia a casa –le confesó Toula en su cuidado inglés–. Debe de estar muy enamorado de ti.

Por cómo le acariciaba la rodilla por debajo del mantel y por la cantidad de veces que le había murmurado al oído que estaba como loco por volver a casa para hacerle el amor, Emily también lo creía así. La pasión entre ellos era abrumadora, pero en todas las semanas que llevaban juntos no habían hablado ni una sola vez del futuro.

Emily sabía que, si se le ocurría sacar el tema, el maravilloso presente que estaban compartiendo se haría añicos, así que hacía todo lo que podía para intentar vivir así y se convenció de que no le importaba vivir en la incertidumbre, pero lo que no podía soportar era la naturaleza del trabajo de su amado porque, además, Niko siempre elegía las misiones más arriesgadas.

Un día reunió valor suficiente para preguntarle por qué lo hacía.

–Porque soy el más experimentado y el que menos tengo que perder –le contestó Niko.

–¿Y Vassili? –le preguntó Emily refiriéndose a otro colega que le había presentado en una cafetería–. Me dijiste que es uno de los mejores pilotos que has conocido en tu vida.

–Y es cierto, pero está casado y tiene un hijo de dos años –contestó Niko.

Aquella contestación y todo lo que implicaba hizo que Emily se quedara helada.

Un domingo por la noche de mediados de noviembre estaban de pie en la terraza del ático, tomando un coñac y disfrutando de la brisa nocturna de la ciudad cuando Emily percibió la tensión que irradiaba el cuerpo de Niko.

Sabía lo que le iba a decir.

—Mañana me tengo que volver a ir —comentó Niko en tono informal—. Esta vez puede que esté fuera más tiempo del normal.

En otras palabras, aquella misión era más arriesgada que otras.

—¿Cuántos días estarás fuera? —quiso saber Emily.

—Tres o cuatro, pero seguro que estaré de vuelta para el fin de semana.

—¿Adónde vas esta vez?

—A África de nuevo.

La ambigua contestación de siempre. Niko jamás le decía exactamente adónde iba y siempre se mostraba deliberadamente vago sobre el contenido exacto de las misiones. Y, cuando Emily le preguntaba, cambiaba de tema, pero Emily era consciente de que, aunque él quisiera que las cosas parecieran muy sencillas, no era así. Si fueran sencillas, no volvería tan abatido de las misiones, no se despertaría en mitad de la noche bañado en sudor, víctima de pesadillas de las que no quería hablar, no la abrazaría de repente como si fuera lo único que lo separara del abismo.

—¿A qué parte de África vas exactamente? —insistió Emily.

—¿Importa?

—Sí, claro que importa.

Niko dudó y, por fin, contestó sinceramente. Emily cerró los ojos horrorizada. Era mucho peor de lo que había imaginado. Se trataba de una zona que estaba en conflicto y donde el peligro, la violencia y la devastación eran moneda de cambio.

Emily sabía lo que se esperaba de ella, que reaccionara con calma, aceptando la situación, pero no pudo hacerlo y comenzó a llorar.

–Venga, Emily, no me hagas esto –murmuró Niko abrazándola–. Todavía tenemos esta noche.

Pero Emily había roto las normas y había cometido el pecado capital de querer más, de no conformarse sólo con una noche.

Aquellas lágrimas pillaron a Niko con la guardia bajada y se encontró enfadado. Para empezar, consigo mismo por darle semejante disgusto a Emily, pero también con ella por comportarse así cuando sabía desde el principio a qué se dedicaba.

–Ésta es la razón por la que hasta el momento nunca he querido tener una relación seria con ninguna mujer –le explicó–. Cuando despego rumbo a una misión, mi mente tiene que estar concentrada en la gente que voy a ayudar. Si me preocupo por ti, estaré distraído y yo no me puedo permitir distraerme mientras vuelo.

–Ya lo sé –contestó Emily limpiándose las lágrimas e intentando sonreír con valentía–. Me estoy comportando de manera egoísta y poco razonable. Lo siento. No sé qué me ha pasado. Normalmente, no soy tan emocional.

Era cierto y Niko lo sabía. Al principio, Emily se había mostrado siempre muy controlada cuando se tenía que ir, pero, últimamente, hasta la más mínima cosa la disgustaba. La semana anterior, por ejemplo, cuando había ido a buscarla a casa de su padre, la había encontrado llorando a lágrima viva porque un pájaro se había estrellado contra una ventana y se había roto el cuello. A Niko también le dio pena el pájaro, por supuesto, pero no podía entender el disgusto de Emily, pues ambos sabían que la muerte forma parte de la vida y que no diferencia entre jóvenes o mayores, culpables o inocentes.

—Si no puedes soportarlo, si te está resultando más duro de lo que creías, no tienes más que decirlo —comentó Niko—. Entenderé que quieras poner fin a nuestra relación.

Emily cerró los ojos y negó con la cabeza.

—Lo que más quiero en la vida es estar contigo.

—¿A pesar de mi trabajo?

—A pesar de tu trabajo.

Niko también quería estar con ella. Buena prueba de ello era que había sobrepasado sus propias normas.

—Ven conmigo —murmuró tomándola de la mano y conduciéndola a la planta superior—. Tenemos unas cuantas horas todavía y las quiero aprovechar.

Aquella noche, Niko le hizo el amor lánguidamente, concentrándose sobremanera en darle placer y en alejar de ella los demonios del miedo. La besó por todo el cuerpo, la sedujo con las manos y con la lengua, la arrebató de pasión, saboreó la cálida humedad de sus muslos y grabó en su memoria los gritos de placer cuando Emily llegó al orgasmo.

Al final, la penetró muy lentamente, deseando poder quedarse para siempre en el interior de su cuerpo y rindiéndose ante aquella diosa le confesó la verdad.

—*S'agapo, chrisi mou kardhia.* Te quiero, Emily —gimió.

Niko se despertó al amanecer, se levantó de la cama sin hacer ruido para no molestar a Emily, tomó su ropa y se fue al baño de invitados a ducharse y vestirse. Cuando terminó, volvió al dormitorio y se quedó mirando a Emily, que seguía dormida.

Los primeros rayos del sol bañaban sus pestañas, resbalaban por su cuello y por su melena, que yacía desordenada sobre la almohada, Emily tenía el brazo alargado hacia el lado de la cama que ocupaba Niko, como si lo buscara.

A Niko le entraron ganas de acercarse y de tocarla, de besarla y de despertarla, pero sabía que no podía hacerlo porque, si lo hacía, no sería capaz de irse.

Así que se giró, agarró su bolsa y salió de casa.

Capítulo 10

LA PREOCUPACIÓN se había adueñado de la vida de Emily.

Niko se había ido voluntariamente a un lugar en la que las normas del mundo civilizado no existían. Todos los días, los titulares de los periódicos y los informativos hablaban de las atrocidades que se estaban cometiendo en aquel lugar del mundo. Asesinatos, secuestros y torturas eran normales. La hambruna y las enfermedades se habían desatado.

Emily sabía que la población de aquel lugar, hombres, mujeres y niños, necesitaban desesperadamente la ayuda humanitaria que personas como Niko les llevaban, pero los delincuentes no respetaban la convención de Ginebra y las personas que iban a ayudar se estaban encontrando cada vez más con situaciones de tanta violencia que los estaban evacuando. Algunos de ellos ya habían muerto.

¿Y si Niko encontraba allí la muerte?

Emily estaba tan preocupada que prefirió enfadarse. ¿Por qué demonios se había ido sin despedirse de ella? ¿Para evitarles a ambos el dolor de la despedida o porque se preocupaba más por los desconocidos que por ella?

Aquellos pensamientos le hicieron sentir vergüenza. ¿Cómo podía ser tan egoísta precisamente ella que se dedicaba a ayudar también a los demás?

La compasión que Niko demostraba por otros seres humanos era precisamente una de las principales razones por las que tanto lo quería.

Entonces, no le quedó más remedio que recurrir al optimismo y se dijo que Niko era uno de los mejores pilotos que había y que jamás le había ocurrido nada. Si de verdad lo quería, debía apoyarlo. Se sentía orgullosa de que Niko ayudara a otras personas menos afortunadas que ellos y el sábado habría vuelto y podría volver a abrazarlo de nuevo.

Sin embargo, el fin de semana pasó y Niko no volvió. El lunes por la mañana, Emily estaba tan desesperada que se vino abajo delante de Pavlos.

–Estoy muy preocupada por él –sollozó.

–Esto es lo que pasa cuando una se enamora de un hombre como mi hijo.

–Lo dices como si una eligiera de quién se quiere enamorar y no es así. Te enamoras y ya está. Intenté no hacerlo, pero no pude evitarlo.

–¿Y qué quieres que te diga? Mira que te lo advertí, pero no quisiste escucharme y a ahora te ves atrapada y sin salida.

–No me estás ayudando en absoluto –le recriminó Emily.

–Porque no te puedo ayudar –contestó Pavlos mirándola con tristeza–. Hace mucho tiempo que aprendí que no merece la pena preocuparse por Niko. Siempre hace lo que quiere y no le importamos los demás.

–¿Cómo puedes dormir por las noches? –le gritó Emily con amargura–. ¿Cómo eres capaz de darle la espalda a tu único hijo? ¿Cómo es posible que te dé igual si vive o muere?

–Supongo que son los años de práctica. Si consigo que me odie lo suficiente, sobrevivirá única y exclusivamente para fastidiarme. Te vuelvo a dar el mismo consejo de siempre: olvídate de Niko. Estás mucho mejor sin él.

Pero Emily había sobrepasado el punto de no retorno hacía semanas y la incertidumbre de no saber nada de Niko la estaba matando. No sería capaz de pasar otra noche en blanco, así que aquella tarde mientras Pavlos dormía la siesta tomó un taxi hasta el aeródromo. Preferiría saber qué estaba sucediendo, aunque fuera malo, que no saber nada y verse atormentada por su propia imaginación.

En el hangar no había personal y tan sólo había cinco avionetas, pero había varios coches aparcados en la puerta de la oficina. Emily no se molestó en llamar, abrió la puerta y entró. Se encontró con tres hombres y una mujer que hablaban en voz baja alrededor de una mesa sobre la que había un mapa.

Reconoció inmediatamente a Dinos y a Toula. A los otros dos no los había visto nunca. Al oír que la puerta se abría, los cuatro se habían girado hacia ella y se habían callado.

—Hola, Emily —la saludó Dinos sonriendo nervioso mientras avanzaba hacia ella.

—Sabes algo —le dijo Emily muerta de miedo—. Quiero saberlo.

—No sabemos nada —le dijo el amigo de Niko—. Estamos esperando...

—¿Esperando qué? ¿Esperando a que os digan que lo han secuestrado o que lo han matado?

—Tranquila, no hay nada que nos indique que ha sido así. Simplemente se está retrasando un poco.

—¿Retrasando? —repitió Emily al borde de la histeria—. ¡Dinos, ha desaparecido!

Toula se acercó a ella y la tomó de las manos.

—Tranquila, Emily. Volverá. Siempre vuelve.

—¿Cómo lo sabes? ¿Cuándo fue la última vez que se puso en contacto?

Un terrible silencio se hizo entre los presentes, un silencio tan denso que Emily sintió que el aire no le llegaba a los pulmones. Había experimentado aquella sensación de ahogo solamente una vez en la vida, cuando le habían dicho que sus padres habían muerto.

—El jueves —contestó Dinos por fin—. Pero eso no quiere decir nada. A veces, es más seguro permanecer incomunicado si estás en territorio hostil que arriesgarte a dar tus coordenadas.

Emily se dio cuenta de que el amigo de Niko le estaba mintiendo para intentar consolarla.

—No tenéis ni idea de dónde está ni de lo que le ha ocurrido, ¿verdad?

Dinos bajó la mirada y negó con la cabeza.

—No.

—¿Y cuándo me lo ibais a decir? Creo que tengo derecho a saberlo, ¿no? —se enojó Emily con lágrimas en los ojos.

—Precisamente, me iba a acercar yo a tu casa —intervino Toula—. Por eso estoy aquí.

—¿Cómo lo haces tú? —le preguntó Emily desesperada—. ¿Cómo haces para no volverte loca cuando Dinos no vuelve cuando se suponía que tenía que volver?

—Cuando eso ocurre, me aferro a mi fe, le rezo a Dios y espero, es lo único que puedo hacer —contestó Toula mirándola con compasión—. Es lo único que pues hacer en estos momentos. No pierdas la esperanza.

—Toula tiene razón —intervino Dinos—. Debes creer

que, haya pasado lo que haya pasado, Niko encontrará la manera de volver a tu lado.

–Así es –corearon los otros dos muy convencidos.

–Aquí no haces nada, así que vuelve a casa y espéralo allí. Te llamaré en cuanto sepa algo –le dijo Dinos acompañándola hasta la puerta–. ¿Dónde has dejado el coche?

–He venido en taxi.

–Entonces, Toula te llevará a casa.

Dinos no llamó.
Nadie la llamó.
El martes por la tarde, Emily estaba cruzando el vestíbulo de entrada cuando oyó un coche que se alejaba y, un segundo después, el timbre.

Temiéndose lo peor, corrió hacia la puerta y, al abrirla, se encontró cara a cara con Niko. Estaba apoyado en la pared con el brazo izquierdo sobre el pecho y bañado por la luz anaranjada de los últimos rayos de la tarde.

–Me han dicho que me estabas buscando –la saludó.

Emily había rezado una y otra vez en los últimos días para que aquel milagro se produjera y ahora que, por fin, se había producido no podía articular palabra, sólo mirarlo.

De repente, recordó la primera vez que lo había visto porque iba vestido igual, con los mismos vaqueros azules, una camisa también abierta en el cuello y una cazadora de cuero negra, la misma altura, el mismo pelo negro y los mismos ojos verdes, pero aquel hombre del aeropuerto le había parecido el epítoma de la salud, fuerte e invencible, mientras que el que ahora estaba ante ella parecía enfermo, estaba pálido y tenía ojeras.

Aquello hizo que Emily lo mirara horrorizada.

–¿Qué me dices, Emily?

–Llevas días sin afeitarte –contestó confusa.

–Vaya, me esperaba otro tipo de recibimiento –sonrió Niko–. A lo mejor es que tenía que haber estado fuera unos días más.

–A lo mejor –contestó Emily enfadándose de repente–. Quizás hubieras hecho mejor en no volver –añadió dejándose llevar por la rabia.

–Emily, *karthula* –se lamentó Niko.

Emily sintió que las lágrimas que le recorrían las mejillas le limpiaban el corazón. Se moría por abrazarlo, por sentir sus brazos y el latido de su corazón.

–No lo he dicho en serio –confesó.

Niko hizo una mueca de dolor y Emily volvió a tener la impresión de que algo andaba mal. Fijándose mejor, vio que Niko tenía los ojos febriles y el labio superior bañado por el sudor.

–¿Qué te ha pasado? –murmuró.

Niko se encogió de hombros.

–Me he hecho daño en el hombro, pero no es nada –contestó apretando los dientes de dolor.

–Déjame ver –le indicó Emily.

Niko dio un paso al frente para entrar, pero se tropezó con la mesa que había en la entrada y el florero que había encima fue a parar al suelo. El estruendo hizo que Damaris y Georgios salieran corriendo de la cocina.

–Ayuda –gritó Emily soportando a duras penas el peso de Niko ella sola–. Ayudadme a subirlo a mi habitación.

—Mi habitación está más cerca, traedlo aquí —intervino Pavlos desde el pasillo.

Entre los tres pudieran medio arrastrar a Niko por el pasillo hasta la suite de su padre. Una vez allí, lo tendieron sobre la cama y, al abrirle la cazadora, comprobaron que tenía una enorme mancha de sangre sobre el hombro izquierdo.

Damaris se asustó y se llevó la mano a la boca, pero Emily reaccionó como la estupenda y profesional enfermera que era.

—Pásame unas tijeras, Damaris —le ordenó con mucha calma al ama de llaves—. Voy a tener que cortarle la camisa. Georgios, voy a necesitar toallas limpias, desinfectante y agua caliente.

Al retirar la camisa, Emily se encontró con un vendaje empapado en sangre y, al retirarlo, con una herida a la que le habían dado puntos y que iba desde el extremo del hombro hasta la clavícula.

—Así que no era nada, ¿eh? Te han disparado —comentó Emily intentando mantener la compostura.

—¿Qué te hace pensar que me han disparado? —contestó Niko.

—Soy enfermera y lo sé. Esta herida es de bala y está infectada. Te tiene que ver un médico.

—Ya me ha visto un médico. ¿Quién te crees que me dio los puntos?

—Alguien con mucha prisa. Vamos al hospital ahora mismo.

Niko cerró los ojos.

—No, de eso nada —contestó—. Si hubiera querido pasar otra noche en un hospital, no le habría pedido a Dinos que me trajera aquí.

—No pienso arriesgarme.

—No soy un niño.

—Pues deja de comportarte como si lo fueras y haz lo que te digo.

—No. No he escapado de un infierno para meterme en otro.

Emily miró a Pavlos para que la ayudara.

—¿Podrías hacer algo para que tu hijo entre en razón?

—No —contestó Pavlos desde los pies de la cama—. Ha tomado su decisión y no hay nada que hacer.

Emily suspiró y se giró de nuevo hacia Niko.

—Muy bien, haz lo que quieras, pero no me hagas responsable si te mueres.

—Sé que no vas a dejar que eso suceda, *karthula* —contestó Niko—. Eres mi ángel de la guardia.

—A ver si sigues pensando eso cuando haya terminado contigo —contestó Emily poniéndose unos guantes de látex.

Tras inspeccionar la herida, dedujo que Niko no había sufrido daños más graves. No encontró orificio de salida, lo que significaba que el proyectil había quedado alojado en el interior del cuerpo de Niko y que el médico que lo había tratado se lo había extraído.

—Sí, me lo sacó —murmuró Niko cuando le preguntó—. Le dije que se hiciera un llavero con la bala.

Había tenido suerte, pero la herida no tenía buena pinta.

—¿Cuándo te hirieron?

—Hace unos días.

—¿Te ingresaron?

—Una noche.

—¿Te pusieron la vacuna del tétanos?

—Sí, en el otro brazo.

—¿Estás seguro?

—Me dispararon en el hombro, no en la cabeza. Sí, estoy seguro. Todavía me duele el pinchazo.

—Esto también te va a doler —contestó Emily sabiendo que le iba a doler de verdad.

A continuación, procedió a retirar los restos de sangre y de vendaje que se habían quedado pegados a la piel.

—Haz lo que tengas que hacer —la animó Niko con valentía.

Emily no esperaba menos de un hombre que se negaba a admitir cualquier tipo de debilidad, pero mientras le limpiaba la herida con agua templada y retiraba las zonas de piel muerta, vio que a Niko se le tensaban los tendones del cuello como cables de acero.

—Ya está —anunció tras colocarle un vendaje nuevo.

—Bien. Pásame mi cazadora, que me voy —contestó Niko incorporándose, palideciendo y devolviendo a caer sobre las almohadas.

Emily perdió la paciencia.

—¡Estate quietecito, Niko Leonidas! No vas a ningún sitio, te vas a quedar en la cama y para eso no necesitas la cazadora.

—Me estás empezando a hartar, Emily —se quejó Niko.

—Tú sí que me estás hartando a mí. Georgios, por favor, agárralo del otro brazo y ayúdame. Lo vamos a instalar en una de las habitaciones que hay al lado de la mía. Espero que no te opongas, Niko. Me parece que ya has soportado suficiente dolor.

—Desde luego, escapar de las fuerzas rebeldes fue mucho más fácil que escapar de ti —murmuró Niko cediendo–. Sábanas limpias –murmuró una vez instalado en la otra cama.

A continuación, suspiró y se quedó dormido.

Emily dejó abierta la puerta que había entre sus habitaciones y fue a verlo varias veces durante la noche, preocupada por la fiebre, que no dejaba de subir.

En una ocasión Niko abrió los ojos y la miró como si no la reconociera. En otra ocasión, murmuró su nombre. Emily le puso la mano en la mejilla y comprobó que estaba ardiendo. Como no sabía si había sufrido daños en los vasos sanguíneos, no se atrevía administrarle aspirina y tuvo que optar por bañarlo con agua tibia, lo que calmó la fiebre, pero no acabó con ella.

Emily había accedido a no llevarlo al hospital para no discutir, con la esperanza de que Niko cediera al día siguiente, pero al alba la fiebre había subido tanto que llamó al médico de Pavlos. El doctor y ella se habían hecho muy amigos durante los meses que Emily llevaba en Grecia y acudió rápidamente a pesar de las horas intempestivas.

Llegó justo cuando estaba amaneciendo, examinó a Niko concienzudamente, volvió a limpiarle la herida infectada y le prescribió antibióticos tópicos y orales.

–Ya puedes dar las gracias de tener a una enfermera maravillosa en casa –le dijo a Niko cuando hubo terminado–. De no haber sido así, te habría hospitalizado aunque no quisieras. Cámbiale el vendaje regularmente y que beba mucho líquido. Si dudas de que esté tomando el suficiente, me llamas para que lo rehidratemos por vía intravenosa. Aparte de eso, reposo absoluto y la medicación que le he prescrito. A no ser que necesites algo antes, me pasaré a verlo de nuevo a última hora de la mañana.

Durante dos días, Emily se sintió muy feliz. Tenía al hombre al que amaba a su lado, sano y salvo, bien cerca y recuperándose a buen ritmo.

–Hola, ángel mío –le decía Niko siempre que la sentía cerca y la tomaba de la mano, lo que hacía que a Emily el corazón se le llenara de amor.

Aquello duró poco. El jueves Niko empezó a decir que estaba harto de estar allí encerrado e insistió en moverse para recuperarse. El viernes se empeñó en bajar a desayunar y las hostilidades entre padre e hijo volvieron a aflorar.

Como de costumbre, Emily se encontró en medio.

–¿Qué haces aquí? –le preguntó Pavlos al verlo aparecer.

–Tengo cosas mejores que hacer que pasarme todo el día en la cama –contestó Niko.

–¿Como qué? –intervino Emily asustada.

–Cosas que tengo que acabar –contestó Niko ambiguamente.

–Si te refieres a volver a África, ya te puedes ir olvidando.

–No me digas lo que tengo que hacer, Emily. No eres mi niñera.

–No, soy la mujer que te quiere.

–Tonta de ti –intervino Pavlos–. Lo digo porque tienes una rival dura de pelar, querida, que se llama muerte. Niko flirtea con ella constantemente. Lleva años haciéndolo.

–¡Vete al diablo! –exclamó Niko–. No sabes absolutamente nada de lo que me motiva y todavía menos de mi relación con Emily.

—Sé que Emily se merece un hombre dispuesto a darle más de lo que tú le darás jamás.

—¿Un hombre como tú?

—Por lo menos, así no se pasaría las noches paseándose de un lado para otro, preguntándose dónde estoy.

—No, claro, porque tú no te puedes ni mover.

Eran como dos leones peleándose por la presa del día y Emily no podía soportarlo.

—¡Sois insufribles! —los interrumpió—. Los dos tan orgullosos que no veis lo que os pasa o, tal vez, lo veis y os da igual.

—No te metas, Emily —le advirtió Niko—. Esto es entre mi padre y yo.

—No pienso callarme —le recriminó Emily muy enfadada—. Pavlos es tu padre y tú eres su único hijo. Sólo os tenéis el uno y el otro y ya va siendo hora de que os dejéis de tonterías y de que hagáis las paces. Si yo estuviera en vuestro lugar, así lo haría.

—Pero no lo estás, así que será mejor que lo dejemos —contestó Niko en un tono de voz tan frío que Emily se estremeció de pies a cabeza—. Que tú y yo nos acostemos es una cosa, pero yo no te digo lo que tienes que hacer con tu vida, así que te agradecería que tú tuvieras la misma consideración hacia mí.

Si la hubiera abofeteado, no le habría hecho tanto daño.

—Creía que entre tú y yo había algo más que lo que tenemos en la cama —murmuró.

Niko la miró apenado.

—Y así es —le dijo pasándose los dedos por el pelo—. Te quiero y lo sabes.

Emily había creído siempre que aquellas dos palabras eran lo único que necesitaban un hombre y una mujer para hacer que su relación funcionara, pero ahora se daba cuenta de que no significaban absolutamente nada si venían envueltas en amargura y resentimiento.

—Puede que me quieras, pero no lo suficiente —contestó.

Capítulo 11

ANTES de que a Niko le diera tiempo de responder a su acusación, Emily se había esfumado. Unos segundos después, oyó el portazo de la puerta principal.

—Lo has hecho muy bien —se burló Pavlos.

—Déjame en paz —le espetó Niko corriendo detrás de Emily.

—Déjala en paz tú a ella —le dijo Pavlos mientras Niko corría por el pasillo—. Está mejor sin ti.

Tal vez fuera cierto, pero Niko nunca dejaba una pelea a medias, así que siguió corriendo detrás de Emily, pero estaba tan débil que pronto se dio cuenta de su gran error.

—¡Emily! —la llamó haciendo un gran esfuerzo.

—¿Qué? —gritó ella girándose.

Niko no podía contestar. No tenía fuerzas. Humillado, se dobló desde la cintura y se dejó caer hacia delante. Emily se dio cuenta de lo que ocurría y se acercó.

—Sabía que eras cruel, pero no tenía ni idea de lo estúpido que puedes llegar a ser —comentó—. Seguro que te está sangrando la herida. Tú sigue así, que vas a terminar en el hospital.

—Yo quiero estar contigo —se lamentó Niko.

—¿Para qué? Te recuerdo que no tenemos absolutamente nada en común, que sólo nos entendemos en la cama.

–Sabes que eso no es cierto.
–¿Entonces por qué lo has dicho?
–Porque estaba... porque estoy muy enfadado. No puedo soportar no llevar las riendas de mi vida, no puedo soportar estar en la casa de mi padre, quiero volver a mi casa cuanto antes.
–No estás en condiciones de volver a tu casa.
–Pues me pienso ir. Pavlos y yo no podemos estar juntos, nos sacamos el uno al otro lo peor que hay en cada uno de nosotros. Siempre ha sido así –contestó tomándola de la mano–. Vente conmigo, ángel. Es viernes, tenemos todo el fin de semana para nosotros –le pidió–. Te necesito.
–Lo dices para llevarme de nuevo a la cama.
Niko la miró enfadado.
–Yo nunca miento para acostarme con una mujer –le espetó soltándole la mano–. Si no me conoces, tal vez sea mejor que sigas corriendo y que te olvides de mí. Eres libre, vete.
Emily se mordió el labio y una lágrima solitaria le resbaló por la mejilla.
–No puedo. Te quiero.
–Entonces, ¿qué hacemos aquí discutiendo?
–No lo sé –contestó Emily acercándose a él y apoyándole la cara en el hombro.

–Ve con él –le indicó Pavlos a Emily cuando ésta le dijo que Niko estaba decidido a volver a su casa después de comer–. No hace falta que vuelvas el lunes. Quédate una semana o el tiempo que haga falta –añadió sorprendiéndola.
–Pero me contrataste para cuidar de ti –le recordó Emily.

–Sí, pero ahora mismo él te necesita más que yo, así que haz el equipaje y vete. Georgios os llevará. Será más cómodo que ir en taxi.

–Gracias –contestó Emily besándolo en la mejilla–. Eres un cielo.

–No es para tanto, no es para tanto, ten cuidado con lo que dices –la reprendió Pavlos con cariño–. Y no te creas que te llevas ninguna perita en dulce. Vas a trabajar más que conmigo.

A Emily le daba igual trabajar siempre y cuando eso le permitiera pasar tiempo con Niko.

En cuanto llegaron al ático, se puso a llover a cántaros.

A ellos les dio igual. Tenían varios días para estar juntos y comenzaron con una cena romántica a la luz de las velas aquella misma noche.

Emily creía que no iban a hacer el amor porque suponía que Niko estaría muy cansado. Se conformaba con estar tumbada a su lado. Sin embargo, el contacto físico obró su magia y sirvió de afrodisíaco, así que se encontró haciendo el amor muy lenta y embriagadoramente mientras Niko le susurraba palabras de cariño.

Y así se durmieron, bañados por el amor.

Y se despertaron viendo que había escampado y que brillaba el sol.

Así comenzó una semana que Emily recordaría el resto de su vida.

Dormían hasta tarde, iban al mercado y compraban todo lo que se les antojaba: maravillosos quesos, fresquísimas cigalas y riquísimas aceitunas. Emily se extasiaba ante los puestos de frutas y verduras y compraba berenjenas de piel brillante, pimientos verdes y sabrosos tomates, limones, mandarinas y melones. Niko se reía y le recordaba que eran sólo dos.

A Emily también le gustaba mucho comprar el pan en la tahona, recién sacado del horno, y su preferida era una tienda que había a la entrada del mercado y en la que vendían miel, café, yogur y frutos secos.

Aprendió a preparar *tzaziki* y *saganaki* e incluso se atrevió con la baklava. Paseaban mucho, visitaron algunos museos e iglesias, exploraron galerías de arte y tiendas de antigüedades y comieron fuera un par de días.

Y hacían el amor siempre que podían y les apetecía.

Era como estar casados, pero jamás hablaban de aquella posibilidad porque les habría obligado a hablar de aquel otro mundo que los alejaba.

Preferían vivir en su mundo de fantasía.

Sin embargo, aquel otro y temido llegó de todas maneras.

Niko comenzó a llamar a la oficina para saber cómo iban las cosas. Un par de días después, insistió en pasarse por allí y diez días después estaba trabajando a ritmo normal.

El tercer domingo de mes al anochecer, Niko sirvió dos copas de vino tinto y mientras los villancicos inundaban el salón fue a sentarse junto a Emily en el sofá.

–Te tengo que decir una cosa –murmuró.

–Te vas otra vez –contestó Emily.

–Sí.

–¿Cuándo?

–Mañana.

–¿Desde cuándo lo sabes?

—Desde hace dos días.

—¿Dónde te toca esta vez? —le preguntó Emily.

Niko miró el fuego, el florero con rosas rojas, el libro que había abierto sobre el brazo del sofá. Emily se dio cuenta de que no se atrevía a mirarla a los ojos y tragó saliva.

—Oh, no —se lamentó—. Por favor, dime que no vas a volver allí.

—No me queda más remedio.

—¿Por qué?

—Porque la gente lo está pasando fatal. Necesitan ayuda. Por favor, entiéndeme. No puedo darles la espalda.

—A ellos no puedes darles la espalda, pero a mí, sí —gritó Emily—. ¿Y yo? ¿Acaso no te importa que yo también te necesito?

—Me doy a ti por completo —protestó Niko.

—Eso no es verdad. A mí sólo me das las sobras.

—Tú eres lo que me devuelve la cordura —le aseguró Niko—. Antes no me importaba volver, pero ahora vivo para volver a tu lado.

—Ya, seguro —se rió Emily con amargura—. Soy la mujer lujuriosa que te espera siempre dispuesta a hacer el amor, pero eso no cambia las cosas. Prefieres dar la vida por otros que darla por mí.

—Eso no es justo, Emily.

—Tampoco es justo no saber si te voy a volver a ver vivo o si volverás en un ataúd.

Niko se puso en pie y se acercó al ventanal.

—Es cierto —murmuró—. Por eso nunca te he querido prometer nada, por eso nunca hablo del futuro.

Emily comprendió que aquello se terminaba.

—Esto no podía funcionar, ¿verdad? —le preguntó borracha de tristeza.

–No, supongo que no –contestó Niko con la voz tomada por la emoción.

–Bueno... pues... supongo que se ha terminado –aventuró Emily.

–Supongo que sí.

–Es lo mejor.

–Claro.

Emily apretó los puños y los dientes hasta que se hizo sangre en la palma de las manos y en el labio inferior por dentro, pero aguantó sin llorar.

–Voy a recoger mis cosas –anunció poniéndose en pie y subiendo las escaleras.

–Muy bien –contestó Niko.

Así que Emily hizo el equipaje a toda velocidad. Tenía que salir de allí cuanto antes, pues temía arrodillarse ante Niko y suplicarle que no la dejara.

Si la casa hubiera tenido una salida de servicio, la habría utilizado para ahorrarles a ambos la agonía de la despedida, pero no era así.

–Creo que lo tengo todo –dijo al volver al salón, sin mirar a Niko a los ojos para no perder la compostura.

–Si te has olvidado algo, te lo haré llegar a casa de mi padre.

–Gracias –contestó Emily tragando saliva–. Cuídate.

–Tú también.

Emily intentó abrir la puerta, pero el cerrojo se le resistía. Era consciente de que Niko estaba detrás de ella, así que hizo todo lo que pudo para darse prisa porque no quería que la ayudara.

Las lágrimas amenazaban con correrle por las mejillas. Por fin, pudo correr el maldito cerrojo, pero la puerta seguía sin abrirse. Entre las lágrimas, vio que era debido a que Niko había puesto la mano encima para mantenerla cerrada.

—Emily, no te vayas —le dijo—. No quiero que te vayas.

Emily se giró hacia él, soltó las maletas y lo abrazó con fuerza.

—Me da mucho miedo que te pase algo —sollozó.

—Ya lo sé, cariño —contestó Niko besándola—. Ya lo sé.

El dolor de la despedida se convirtió en un fuego abrasador que los llevó a desnudarse allí mismo con desesperación. Emily le arrancó los botones de la camisa mientras Niko le levantaba la falda y le rompía las bragas para introducirse en su cuerpo como si fuera lo último que hacía en su vida.

Después de aquello, evidentemente, Emily no se fue.

Ambos siguieron haciendo lo que llevaban haciendo dos semanas: jugar a las casitas.

Intentaron mantener la normalidad en las conversaciones, no hablar de dónde estaría Niko a aquellas horas al día siguiente, intentaron cenar, pero no lo consiguieron porque ninguno de los dos tenía hambre.

—Vámonos a la cama, *khriso mou* —le dijo Niko por fin—. Quiero estrecharte entre mis brazos y hacerte el amor antes de irme.

Y Emily se plegó a sus deseos, deseosa de compartir la noche con él, pero no podía dejar de pensar en el peligro que esperaba a Niko, en la muerte que podía sorprenderlo en cualquier momento de su misión.

—Por favor, no te vayas —le rogó—. Si me quieres, quédate conmigo.

—No puedo —contestó Niko.

Emily se dio cuenta de lo que siempre había sabido, de lo que había sabido desde el principio: que eran tan diferentes como el día y la noche. Niko necesitaba riesgo y peligro en su vida, emoción e intensidad mientras que ella quería estabilidad, formar un hogar, tener un marido y unos hijos y sabía que no sería capaz de vivir indefinidamente anhelando algo que Niko no podía darle.

Mientras él dormía, Emily se quedó mirándolo, grabando en su memoria su perfil, sus pómulos, sus pestañas... cuando el día comenzó a clarear, Emily comprendió que aquél había sido su último día juntos y cerró los ojos, se apretó contra el cuerpo de Niko y lo abrazó.

06:30 a.m.
Niko alargó el brazo y apagó el despertador antes de que sonara.

Se tomó unos segundos para saborear el calor que emanaba del cuerpo de Emily, que estaba tumbada a su lado. La había oído llorar durante buena parte de la noche y había tenido que hacer un gran esfuerzo para no girarse hacia ella y decirle lo que Emily tanto ansiaba oír.

«Voy a pedir a otro piloto que vaya en mi lugar y me voy a quedar contigo. Nos vamos a casar y vamos a formar una familia».

Menos mal que Emily se había cansado de llorar y se había quedado dormida por fin, antes de que a Niko le diera la tentación de pronunciar aquellas palabras.

Lo que había comenzado como un flirteo inocente

destinado a demostrar a su padre que no podía confiar en ella se le había ido de las manos por completo y había terminado en aquella situación dolorosa para ambos.

Se habían enamorado y ahora estaban sufriendo.

De los quince empleados que tenía, diez eran pilotos. El más joven no tenía pareja y todavía vivía en casa de sus padres. De los otros nueve, cinco estaban divorciados. Las mujeres que se habían enamorado de ellos y les habían dado hijos no habían podido soportar las exigencias de sus trabajos.

Niko no quería que a Emily le pasara lo mismo. Prefería terminar las cosas ahora que eran felices y que los dos tenían buenos recuerdos de su relación que permitir que la alegría y la pasión se transformaran en amargura y en resentimiento.

06:31 a.m.

Sin hacer ruido, se levantó de la cama, recogió su ropa y, como en otras ocasiones, bajó a ducharse y a *vestirse a la habitación de invitados.*

06:49 a.m.

Estaba listo para irse, pero no fue capaz de hacerlo sin dejarle una nota.

Te quiero lo suficiente como para devolverte tu libertad para que vivas la vida que quieres. El hombre que elijas tendrá mucha suerte. Sé feliz, Emily.

A continuación, tomó una rosa del florero del salón, subió las escaleras sigilosamente. Emily seguía en la misma postura en la que la había dejado. Se moría por acercarse y besarla, pero se limitó a dejar la nota y la rosa sobre su almohada.

Capítulo 12

ASÍ QUE se ha vuelto a ir –comentó Pavlos en cuanto la vio–. Te ha abandonado.
–Sí –confesó Emily dejándose caer en una silla.
–¿Qué vas a hacer?
–Yo también me voy a ir, Pavlos. Ya no hay nada que me retenga aquí –contestó Emily pensando en la rosa y en la nota que habían puesto fin a su felicidad.
–Estoy yo.
–Ya estás recuperado –contestó Emily sinceramente.
–Quiero que sepas que llenas mi vida de alegría, eres el motivo por el que me levanto por las mañanas de la cama. Te he tomado mucho afecto. Eres como una hija para mí y siempre tendrás un lugar en mi casa.

Emily siempre había querido sentirse necesitada, formar parte de una familia aunque fuera pequeña y se sintió tentada, pero el sentido común le indicó que aquél no era su sitio, pues siempre estaría esperando que Niko volviera a decirle que había cambiado de opinión y que quería estar con ella.

Si su padre hubiera estado realmente solo, quizás las cosas habrían sido diferentes, pero tenía a Georgios, a Damaris y al médico de la familia, así que estaba en buenas manos.

—Yo también te he tomado mucho afecto y jamás olvidaré tu bondad, pero mi vida está en Vancouver. Allí tengo mi casa, mis amigos y mi profesión –contestó Emily.
—Por favor, escríbeme –suspiró Pavlos.
—Claro que sí.
Hacía menos de tres meses que había conocido a Niko, pero, desde que se habían visto, los dos habían estado perdidos. Durante ese tiempo, aquel hombre había puesto su vida patas arriba, le había robado todo lo que tenía que dar y la había dejado vacía, sin nada.
O eso creyó ella mientras se despedía de Pavlos.

Tal vez, si no hubiera sido enfermera, habría creído que el cansancio y las náuseas matutinas que tenía cuando volvió a Canadá se debían a otras causas, pero pronto comprendió que estaba embarazada.
También comprendió que jamás podría olvidarse de Niko teniendo un hijo suyo, decidió no decirle nada pues ya no estaban juntos y se convenció de que era lo suficientemente madura como para ser madre soltera.
A medida que se fue acercando la fecha de dar a luz, el recuerdo de Niko se hacía cada vez más fuerte. Emily recordaba sus besos, su voz, su cuerpo de piel aceitunada, su torso, sus hombros, sus nalgas, su precioso rostro, sus increíbles ojos, su risa...
¡Oh, lo que daría por volver a oír su risa! ¡Lo que daría por volver a verlo, por volver a abrazarlo!
El invierno dio paso a la primavera y Emily intentó olvidar los meses que había pasado con él, lo que no resultaba fácil llevando a su hijo en sus entra-

ñas. De todas maneras, no le habría resultado fácil. Cada vez que oía algo sobre una misión humanitaria, pensaba en él. Cada vez que oía una canción que habían escuchado juntos, pensaba en él. Cada vez que percibía el olor de su colonia en otro hombre, se acordaba de él.

Niko seguía en su corazón y en su alma, pero en todo lo demás estaba sola, sola y embarazada porque lo cierto era que, aunque le había dicho muchas veces que la quería, el padre de su hijo había preferido arriesgar la vida volando a lugares inhóspitos del planeta que arriesgar el corazón quedándose con ella.

Emily se dijo que no quería su compasión, que si Niko no había querido comprometerse con ella sin reservas, era mejor que no supiera nada de su embarazo. Lo cierto era que era mucho más fácil estar enfadada con él.

Tenía dinero más que suficiente para mantener a su hija gracias a lo que le había pagado Pavlos. Al principio, los correos electrónicos entre ellos habían sido frecuentes, pero, a medida que habían ido pasando los meses, se habían espaciado.

Cuando el 12 de mayo, estando tan sólo de treinta y tres semanas, se puso de parto y dio a luz a una niña prematura, pensó en ponerse en contacto con él. No le había contado que estaba embarazada para no disgustarlo, pero cuando nació Helen se preguntó si había hecho bien.

Tal vez, saber que había sido abuelo lo hiciera feliz. Claro que también podía ser que avivara el fuego entre padre e hijo. Además, no quería que Niko se enterara de que había sido padre porque temía que quisiera casarse con ella por hacer lo correcto y eso sería terrible para los dos, pues Niko no podría llevar una vida normal y ella no quería que su hija tuviera un padre que, tal y como había dicho Pavlos una vez, flirteaba con la muerte cada vez que salía a trabajar.

Helen fue creciendo y ganando peso durante el verano. Así, a los tres meses, pesaba ya tres kilos.

Una mañana, mientras la niña dormía y Emily estaba recogiendo la casa, recibió una llamada de Georgios. Pavlos había sufrido una recaída y su médico no creía que se fuera a recuperar. Por supuesto, se había negado a que lo hospitalizaran y preguntaba por ella.

–¿Y su hijo?

–Está fuera del país –contestó el mayordomo.

«Claro, ¿para qué ibas a quedarte en casa cuidando de tu padre enfermo cuando puedes estar en la otra punta del mundo cuidando a desconocidos?», se preguntó Emily indignada.

–En cuanto arregle un par de cosas, voy para ella –le prometió a Georgios.

–Por favor, date prisa. Está cansado y ya no tiene fuerzas para luchar. Muchos días me pregunta de qué le sirve despertase por las mañanas para encontrarse una casa vacía.

–Dile que aguante, que ya voy para allá –contestó Emily con determinación.

Dos días después, Helen y ella llegaron a la villa en taxi. Conseguir pasaporte para su hija en tan poco tiempo no había sido fácil, pero lo había conseguido. Al llegar, Emily observó que todo parecía seguir igual, las palmeras altas y orgullosas, el cielo despejado, las flores de vivos colores, el sol y los maravillosos pavos reales en las praderas.

Sin embargo, en el interior de la casa todo había cambiado. El ambiente era sombrío y opresivo.

–¿Llego a tiempo? –le preguntó a Georgios entregándole a Helen a Damaris–. Sí, es mía –añadió al ver la cara de sorpresa del ama de llaves.

–Sí –contestó el mayordomo–. Cuando le dije que venías, sacó fuerzas de flaqueza y ha aguantado. Está despierto.

–Vamos.

Emily había visto la muerte muy de cerca muchas veces y creía estar preparada, pero encontró a Pavlos increíblemente desmejorado y muy frágil. Estaba muy pálido, tenía los ojos cerrados y respiraba con dificultad.

–Hola, cielo –lo saludó acercándose.

–Has venido –suspiró Pavlos abriendo los ojos.

–Claro que sí.

–Muchas gracias.

–Y he traído a una personita muy especial conmigo –añadió Emily tomando a su hija de brazos de Damaris–. Saluda a tu nieta, Pavlos.

–¿Es hija de Niko? –murmuró Pavlos.

–Sí.

A Pavlos se le saltaron las lágrimas.

–Jamás creí vivir para ver este día –contestó–. Hola, preciosa –le dijo al bebé, que lo miraba con sus enormes ojos azules.

–Se llama Helen.

–Un nombre muy griego –contestó Pavlos.

–Sabía que te gustaría –sonrió Emily.

–¿Cómo no me iba a gustar? Es mi nieta y tú eres

su madre. Quiero saberlo absolutamente todo sobre ella.

—Mañana —contestó Emily viendo que Pavlos estaba muy cansado—. Tienes que descansar.

—Dentro de poco descansaré para toda la eternidad y los dos lo sabemos —dijo Pavlos tomándola de la mano—. Por favor, cuéntamelo todo mientras todavía tenemos tiempo.

—Quédate con él, no hay problema —intervino Damaris—. Yo me ocupo de la niña.

—Por favor, llévate a Georgios cuando te vayas —le indicó Pavlos—. Tiene él más cara de muerto que yo.

—Pobre hombre —se lamentó Emily una vez a solas con Pavlos—. Te adora y lo está pasando muy mal.

—Ya lo sé. Por eso, precisamente, no quiero que me vea así. Yo también lo quiero mucho. Ha sido como un hijo para mí, mucho más que Niko.

—Niko también te quiere.

—¡Por favor! Si me quisiera, estaría aquí.

—Estoy aquí —contestó Niko desde la puerta.

Capítulo 13

EMILY se quedó helada, presa del pánico y de emociones encontradas.

Era tal el miedo que tenía que le entraron ganas de salir corriendo pero, por otra parte, se moría por verlo y por abrazarlo.

¿Habría visto a Helen? ¿La habría reconocido?

Emily consiguió controlar sus emociones y, fingiendo una calma que no sentía, se giró y lo miró.

Estaba horrible. El cansancio asomaba a sus ojos, era evidente que llevaba días sin afeitarse y llevaba el pelo demasiado largo. A juzgar por su apariencia, llevaba varias noches durmiendo vestido. Emily se fijó en que se le había roto el cristal del reloj de vuelo y, sobre todo, en que parecía terriblemente triste.

–Os dejo a solas para que habláis –comentó intentando soltarle la mano a Pavlos, que se la tenía firmemente agarrada.

–No –protestó el moribundo.

–Por favor, quédate –le indicó Niko acercándose–. Lo que tengo que decir va dirigido tanto a mi padre como a ti.

Dicho aquello, acercó una silla al lecho de su progenitor y le tomó la otra mano.

–Si has venido a bailar sobre mi tumba, llegas con tiempo de sobra. Todavía no me he muerto –comentó

Pavlos intentando recuperar la hostilidad que lo había caracterizado.

—Doy gracias al cielo, padre, porque te quiero pedir perdón por haber sido tan mal hijo.

—¿Por qué sales ahora con esto? —se rió Pavlos débilmente.

—Acabo de volver de un infierno donde la corrupción política y el genocidio son el pan nuestro de cada día. He visto a madres a las que les han arrebatado a sus hijos recién nacidos y a padres asesinados delante de sus hijos y no he podido evitar nada de eso, he visto a miles de huérfanos con enfermedades mortales que nunca llegarán a adultos, he enterrado a un bebé y llorado por él porque era la única persona que estaba allí para hacerlo —les explicó Niko con un nudo en la garganta—. Ya no puedo más. No sé qué he estado haciendo todo este tiempo intentando solucionar la situación de familias de otros países cuando mi propia familia necesitaba ayuda. No tenía derecho a mantener las distancias contigo, padre, cuando tú lo único que has querido siempre ha sido darme una vida mejor que la que tú tuviste de joven.

—Eres mi hijo, testarudo y orgulloso, y tan decidido como yo a tu edad a cambiar el mundo. Siempre has querido que el mundo fuera mejor.

—Sí, pero en el proceso me olvidé de ti. ¿Es demasiado tarde para que me perdones?

Pavlos levantó el brazo lentamente y acarició la mejilla de su hijo.

—Niko, nunca es demasiado tarde para que un padre perdone a su hijo.

Entonces, Niko se echó a llorar con tanta fuerza que los sollozos sacudieron su cuerpo. Emily no pudo soportarlo, se puso en pie y salió al jardín corriendo. Una vez fuera, tomó el camino de arena que se adentraba por los jardines y acabó sentándose en un banco de mármol blanco a la sombra de los limoneros.

Había hecho todo lo que había podido para olvidarse de Niko y ahora, al verlo llorar, al oírlo hablar con tanta sinceridad, había vuelto a caer de nuevo completamente enamorada de él.

No podía permitirlo. Tenía que pensar en su hija, así que decidió irse de allí cuanto antes. Con esa única idea en mente, se apresuró a volver a la casa. Al entrar, se encontró con Georgios, que la buscaba nervioso.

—La pequeña tiene hambre y está llorando —anunció el mayordomo.

Emily consultó el reloj que había en la pared y comprobó que hacía casi tres horas que había dado el pecho por última vez a Helen.

—¿Le puedes decir a Damaris que me la traiga al salón, por favor?

Niko se quedó junto a su padre hasta que Pavlos se quedó dormido. Entonces, salió sigilosamente del dormitorio y fue a buscar a Emily.

Su padre y él habían hecho las paces por fin y ahora le quedaba arreglar las cosas con ella. Le había hecho mucho daño por razones que mirándolas ahora, en retrospectiva, se le antojaban de lo más egoístas.

La casa estaba completamente en silencio. A medida que se fue acercando al salón, oyó un ruido que le hizo pensar que un pájaro debía de haberse colado pero, al entrar, vio a Emily sentada en una butaca junto al ventanal, mirando atentamente al bebé al que estaba amamantando.

Niko sintió una sorpresa mayúscula.

Era cierto que la había animado a buscar a otro hombre, pero ni una sola vez durante los meses que habían estado separados se le había pasado por la cabeza que hubiera seguido su consejo.

Como si hubiera sentido que la estaba observando, Emily levantó la mirada y sus ojos se encontraron.

—Vaya, qué sorpresa —comentó.

—Sí, está siendo un día de muchas sorpresas —contestó Emily tapando a Helen con el chal que tenía sobre el hombro.

Niko se acercó un poco y echó un vistazo al bebé, que no debía de tener más que unas semanas de vida.

—¿Es niño o niña? —preguntó.

—Niña —contestó Emily.

—¿Se parece a ti?

—Eso dicen algunos.

—¿Estás feliz?

—Completamente. Ahora tengo todo lo que siempre he querido.

—¿De verdad? —le preguntó Niko algo confuso porque lo cierto era que Emily no parecía feliz en absoluto.

Lo cierto era que parecía incómoda. Había algo que no encajaba en la imagen de felicidad que estaba intentando presentar y Niko se dio cuenta rápidamente de lo que era.

—¿Por qué no llevas alianza?

De todas las preguntas que a Emily se le hubieran podido pasar por la cabeza, aquélla jamás habría sido una de ellas. Evidentemente, Niko pensaba que había encontrado a otro hombre. Emily sopesó la posibilidad de no sacarlo de su error, pero decidió no hacerlo. Era mejor contarle la verdad.

—No llevo alianza porque no estoy casada —contestó.

—¿Y eso?

—Mantuve una relación con un hombre equivocado, nos separamos y yo me ocupo de mi hija sola. No me mires así. Ha sido mi elección. No soy la única. Hoy en día, muchas mujeres optamos por ser madres solteras.

—Pero tú no eres así. Tú querías casarte...

—Ya, pero no ha podido ser.

Niko se quedó mirándola intensamente.

—Tal vez, todavía estés a tiempo de encontrar un buen marido.

—No creo. No hay muchos hombres que quieran hacerse cargo de la hija de otro hombre.

—Yo estoy dispuesto —le aseguró Niko—. Si me aceptas, me gustaría casarme contigo.

Emily se sorprendió tanto que se quedó con la boca abierta.

—¡No digas tonterías! El Niko Leonidas que yo conozco no está interesado en el matrimonio.

—Ese hombre que tú conociste ya no existe, maduró y se dio cuenta de lo que es realmente importante en la vida.

—Para él era importante en la vida ayudar a los demás.

—Lo sigue siendo.

—Yo no necesito tu ayuda, Niko. Me las apaño muy bien solita.

—No me has entendido. Lo que he querido decir es que sigue siendo importante para mí ayudar a otros, pero lo voy hacer de otra manera. Ya no tengo la ne-

cesidad de jugar a la ruleta rusa con mi vida. He descubierto que hay otras maneras más efectivas de cambiar el mundo.
–No creo que casarte conmigo sea una de ellas.
Niko se acercó.
–Escúchame –le imploró–. Te quiero. Permíteme que te demuestre cuánto, permíteme que cuide de ti y de tu hija, que sea su padre. No me importa de quién sea. Para mí es motivo más que suficiente que sea hija tuya para quererla como si fuera también mía.
–¡Oh...! –contestó Emily apretando los labios para no llorar–. Desde luego, no esperaba esto cuando me he levantado esta mañana.
–Yo, tampoco. Si necesitas tiempo para pensártelo...
–Sí, necesito tiempo. Además, en estos momentos, tu padre te necesita más que yo y... mi situación no es como tú crees...
–¿Me quieres? –la interrumpió Niko.
–Sí.
–¿No estás casada?
–No.
–Entonces, todo irá bien –concluyó–. Voy a acercarme a mi casa a arreglarme porque estoy hecho un asco –añadió.
Y, dicho aquello, se fue.
A diferencia de la última vez, Emily no se sintió sola y vacía sino renovada y esperanzada.

Al poco rato, Georgios fue a buscarla para decirle que Pavlos se había despertado y la reclamaba a su lado. Emily corrió junto a él. Una hora después, volvió Niko y la reemplazó.

—¿Estás aquí, hijo? –preguntó Pavlos sintiendo su presencia.

—Sí, estoy aquí..

—Vas a ser un hombre muy rico cuando yo no esté.

—Hubiera preferido que no te fueras.

—No me queda mucho tiempo... cuando yo falte, por favor, cuida de Emily.

—Por supuesto.

—Y también de mi nieta. Sé mejor padre con ella de lo que yo he sido contigo.

Niko miró sorprendido a Emily.

—Te prometo que así será, papá –contestó–. No te defraudaré.

—Nunca me has defraudado –susurró Pavlos–. Siempre he estado muy orgulloso de ti. Debería habértelo dicho antes.

Aquellas fueron sus últimas palabras, pues Pavlos entró en coma después de aquello, permaneció inconsciente toda la noche y murió al alba.

—Se ha ido –anunció Emily.

Niko asintió, tomó el frágil cuerpo de su padre y lo abrazó. Emily lo dejó a solas para que se despidiera y salió a la terraza. Iba a ser un precioso día de finales de agosto, el primero sin Pavlos.

—Cuando ha dicho que Helen es mía estaba delirando, ¿verdad? –le preguntó Niko reuniéndose con ella al cabo de unos minutos.

—No –confesó Emily–. Es hija tuya.

—Pero si siempre utilizamos protección.

—Pues debe de ser que una de las veces no funcionó bien.

—¿Pero cuántos meses tiene? Parece recién nacida.

—Tiene tres meses.

—No lo parece. ¿Cuánto pesa?

–Casi tres kilos y medio. Parece más pequeña porque nació siete semanas antes de lo previsto.
–¿Por qué no me lo has dicho? Me habría casado contigo si lo hubiera sabido.
–Ya lo sé y nunca habría accedido a casarme contigo por ese motivo. Sigo pensando lo mismo.
–Vaya, parece que tengo un talento especial para fastidiar las relaciones que más me importan –se lamentó Niko entrando en la casa con aire abatido.

Capítulo 14

EMILY apenas lo vio durante la siguiente semana, pues Niko estuvo muy atareado con el entierro y el funeral de su padre. Además, Pavlos tenía varios socios de negocios y su hijo tuvo que atender a todos.

Emily pasó muchas horas a solas con su hija en el jardín, preguntándose si habría dado al traste con su relación definitivamente al mantener la existencia de su hija en secreto.

Obtuvo la respuesta una tarde en la que estaba sentada en el césped bajo un olivo, mirando hacia el mar.

–Ahora que el pasado está prácticamente enterrado tenemos que hacernos cargo del futuro –comentó Niko acercándose–. He intentado mantener las distancias para darte tiempo, pero ya no puedo más. Necesito una respuesta.

–¿Me estás diciendo que todavía quieres casarte conmigo?

–Más que nunca. ¿Confías en mí lo suficiente como para casarte conmigo?

–¿Por qué no iba a confiar en ti?

–Para empezar, porque intenté demostrar que eras una mentirosa, te seduje y te dejé sola y abandonada para que te hicieras cargo de un bebé de cuya existencia no te atreviste a hablarme porque sabías que no sería un buen padre. ¿Quieres que siga?

–No. Como bien acabas de decir, el pasado está enterrado. Prefiero que hablemos del futuro.

–Muy bien. He decidido dejar de volar. A partir de ahora, me voy a hacer cargo del imperio de mi padre, tal y como él siempre quiso. Georgios y Damaris siempre han sido leales, así que me gustaría que, una vez casados, viviéramos aquí y que se quedaran con nosotros. ¿Qué tal voy hasta el momento?

–Muy bien.

–¿Eso quiere decir que aceptas mi propuesta?

–No lo sé. Llevas una semana aquí instalado y no has dormido ni una sola noche en mi habitación. ¿Piensa seguir haciéndolo?

–No si me permites dormir contigo.

–Entonces, acepto.

Niko cerró los ojos y suspiró lentamente.

–Gracias, ángel. Me he sentido muy triste y solo desde que murió mi padre y tenía miedo de haberlo estropeado todo contigo.

–Yo también me he sentido sola y triste, pero eso no cambia lo que siento por ti. Te quiero y siempre te querré.

–Yo también te quiero. No te puedes imaginar cuánto. También quiero a nuestra hija y os prometo que os protegeré a las dos durante toda mi vida.

Aquella noche, se acostaron en la misma cama, con Helen en medio.

–Es preciosa –murmuró Niko fijándose en sus rasgos–. Tiene orejas de caracola y una nariz diminuta.

–Ha sacado tu pelo oscuro –contestó Emily.

–Y tu boca.

–Definitivamente, es nuestra –sonrió su madre.

—Sí —contestó Niko—. ¿Qué te parece si la ponemos en su sitio y nos dedicamos a darle un hermanito? —le propuso refiriéndose al cajón que habían improvisado como cuna.

Así que hicieron el amor lenta y dulcemente, redescubriéndose. Niko dibujó con la lengua las venas azules que cruzaban los pechos hinchados de Emily y ella le besó la cicatriz del tiro que le había atravesado el hombro. A través de las manos y de las bocas, de las palabras y de las caricias, encontraron la magia que creían haber perdido y la renovaron, confiriéndole nueva fuerza.

Cuando, por fin, Niko se adentró en su cuerpo, se abrazaron con fuerza y dejaron que la pasión los condujera al éxtasis.

Un rato después, Emily se arrebujó en brazos de su amado.

—Le tenemos que comprar una cuna —murmuró.

—Mañana sin falta, cariño —le prometió Niko dándole un beso de buenas noches.

Sabía a limón y a Grecia, a mares color turquesa y a atardeceres anaranjados.

Sabía a eternidad.

Bianca

Iba a darle un heredero… a su jefe

La última vez que Gianluca De Rossi vio a Kate Richardson, ésta estaba desnuda en sus brazos con partes de su exquisito cuerpo arropadas por sábanas de seda. Pero en aquel momento ella, que había huido de su lado tras pasar aquella apasionada noche junto a él, está en su despacho… como su nueva secretaria. Y no sólo eso… ¡está embarazada!

Aunque no confía en Kate, Luca se siente muy contento ante la idea de convertirse en padre por fin. Por lo que sólo hay una solución… ¡se casará con su secretaria!

De secretaria a esposa

Maggie Cox

¡YA EN TU PUNTO DE VENTA!

Acepte 2 de nuestras mejores novelas de amor GRATIS

¡Y reciba un regalo sorpresa!

Oferta especial de tiempo limitado

Rellene el cupón y envíelo a
Harlequin Reader Service®
3010 Walden Ave.
P.O. Box 1867
Buffalo, N.Y. 14240-1867

¡Sí! Por favor, envíenme 2 novelas de amor de Harlequin (1 Bianca® y 1 Deseo®) gratis, más el regalo sorpresa. Luego remítanme 4 novelas nuevas todos los meses, las cuales recibiré mucho antes de que aparezcan en librerías, y factúrenme al bajo precio de $3,24 cada una, más $0,25 por envío e impuesto de ventas, si corresponde*. Este es el precio total, y es un ahorro de casi el 20% sobre el precio de portada. !Una oferta excelente! Entiendo que el hecho de aceptar estos libros y el regalo no me obliga en forma alguna a la compra de libros adicionales. Y también que puedo devolver cualquier envío y cancelar en cualquier momento. Aún si decido no comprar ningún otro libro de Harlequin, los 2 libros gratis y el regalo sorpresa son míos para siempre.

416 LBN DU7N

Nombre y apellido _____ (Por favor, letra de molde)

Dirección _____ Apartamento No. _____

Ciudad _____ Estado _____ Zona postal _____

Esta oferta se limita a un pedido por hogar y no está disponible para los subscriptores actuales de Deseo® y Bianca®.
*Los términos y precios quedan sujetos a cambios sin aviso previo.
Impuestos de ventas aplican en N.Y.

SPN-03 ©2003 Harlequin Enterprises Limited

Deseo

Los secretos de la novia
LEANNE BANKS

Una cosa era el éxito, y otra muy diferente, ser aceptado de verdad. Durante toda su vida, Leonardo Grant había deseado ser más de lo que sus duros orígenes le habían permitido. Después de hacerse millonario, pensó que la solución estaba en casarse con la mujer adecuada para ganarse el respeto que el dinero no podía darle. Cuando vio a Calista French, supo que ella era su complemento ideal, pero su encuentro había sido preparado meticulosamente… y no por él. ¿Qué tenía planeado aquella mujer tan "perfecta"?

Lo que necesita un millonario

¡YA EN TU PUNTO DE VENTA!

Bianca

En la cama con el príncipe...

Seis años antes, Phoebe Wells recibió una oferta de cincuenta mil dólares por marcharse del palacio de Amarnes y dejar atrás al hombre al que creía amar. Pero se negó y ahora que el pasado ha vuelto para perseguirla tendrá que soportarlo una vez más.

El orgulloso príncipe Leopold no está interesado en Phoebe, pero sí está interesado en su hijo, el hijo de su primo, heredero del trono de Amarnes. Leo sabe que no puede comprar a Phoebe, pero podría persuadirla para que se convirtiera en su esposa de conveniencia.

Regreso a palacio

Kate Hewitt

¡YA EN TU PUNTO DE VENTA!